さわこのじてん

今美幸
今佐和子

「今日」、「すし」。
「明日」、「やきにく」。

平日の朝、通所施設《しせつ》の車がさわこを迎えに来ます。

車を待つ間のほんの数分間、玄関《げんかん》で車いすに座ったさわこは、「じてん」をめくりながら、そこに書かれた「ことば」を指差《ゆびさ》していろいろな話をします。たいていは夕食の話です。大好きな「すし」を指すときは本当にうれしそうな顔で。あくまでも希望なので、それがかなうかどうかは別ですが。

私が「おかあさん」、「今日の予定」と指すと、さわこが「〇〇スーパー」（へ行って）と言います。時には「おとうさん」、「ビール」（おとうさんにはビールを買って来て）と、夫が喜びそうなことも言います。

出かける前には話したいことがたくさんあります。私もさわこの話をなるべくたくさん聞いてあげようと思います。

そして、夕方帰ってくると、私はじてんの中の「ざんねん」ということばを指し、テーブルの上の焼き魚を見せることもあります。さわこも「ざんねん」と指します。

さわこが室蘭聾《むろらんろう》学校中学部を卒業する数日前、S先生にこんな話をしました。小学部のとき、物には名前があることをさわこに教えてくれた先生です。

「このまま高校を卒業しても、その後の娘の行き先を私は何も考えずにここまで来てしまった。自分の周りにはそんな施設なんかを作ろうとしている人たちもいるのに」

するとS先生は実にあっさりと、

「そんなの作らなくたっていい。さわこがどこへ行っても生きていけるようにしたらいい」

と答えました。

そうか、そんな考えもあったのだなあと思いました。

いま、さわこはまだ「どこへ行っても生きていける」とは言えません。まだまだ弱虫なところもあります。

けれど、娘の通う通所施設へ行ってみると、ある一人の女の子が私に、

「おばさん、さわちゃんがさー、私のこと〝好き〟っていうんだー」と言います。

またある日には、別の女の子が、

「おばさん、さわちゃんがさー、私のこと〝いちばん好き〟っていうんだー」と言います。

二人の女の子はとてもうれしそうです。

声がなくても、さわこはじてんを指差して、だれかに「好き」を伝えることができます。

さわこのことばは、耳から自然に覚えたものではなく、周りの人が一つひとつ意味を伝え、形を伝えながら覚えていったものです。数は少なくても、どのことばも一つひとつが大事なことばです。

そして、さわこのことばを本のようにして綴《と》じた「じてん」は、さわこと人をつなぐ大事なものです。

さわこの心であり、頭の中そのものです。

きっと明日も、さわこはことばを使って生きていくのだなあと思います。

もくじ

I さわこのじてん 9

さわこのじてんができるまで 23
さわこのじてんの使い方 34
作り方大公開！ 42
じてん現役版の全ページを紹介します 47

生きたことばを育てる
北海道立心身障害者総合相談所 北川可恵 84

II さわこといっしょ 87

さわこ 89
病院 92
声 95
ススキ 98
ぶどう 101
盲導犬 106
カレー 109
リレー 112
赤い自転車 115
犬ぞり 120
すき焼き 123
電動車いす 126
風 129
暗い顔 132
受験 135
路上で 138
たのしみ 141
愛の力 144
笑い 147
希望 150

努力の先にあるもの
製鉄記念室蘭病院小児科顧問 東海林黎吉 155

あとがき 158

I
さわこのじてん
Sawako no Jiten

伝わるよろこびを
求めて

教育ってすばらしい。私一人なら、何もできなかった。

小学校の入学まであと二年となったころ、そろそろこちら側の気持ちを決めなければならなかった。

私たちの住む北海道室蘭《むろらん》市にはろう学校と養護学校があった。どちらかの選択だった。

脳性《のうせい》まひにより手足の運動機能に重い障害《しょうがい》があるさわこは、知的障害に加えて聴覚《ちょうかく》障害もあり、聴こえはかなり厳しく、飛行機がすぐ横を通った時くらいの爆音《ばくおん》が聞こえるかどうかというものだった。

初めて補聴器《ほちょうき》をしたのは二歳だった。補聴器をすると、まったく聞こえていなかった音がびっくりするくらい聞こえてくるのだと思っていた。でも、そうではなかった。さわこの世界には音がないようだった。

聞こえていれば自然に耳に入ってくるはずの周りの会話、テレビの内容。音で入る情報は遮断《しゃだん》されているのだった。

障害児の教育を相談するところにさわこを連れて行ってみた。

「養護学校に入った場合、この子はどんなことができるようになるでしょうか」

私の質問に相談員の方は、

「うーん」

とうなったまま、テーブルに並《なら》べられたおもちゃに手を伸ばす。

さわこを眺《なが》めながら少し時間をおき、

「洋服を自分で着れるようになったり、自分でできることが増えると思います」

と言った。

次の部屋で別の相談員に、「ろう学校に入った場合どうなりますか」と同じ質問をした。その方も少し時間をおいてから、

「人とやりとりができるようになるかもしれない」

と言った。

私は「やりとり」という言葉を聞いて、もしさわこが、

「おかあさん、今日の空は青いね」

と言ってくれたら、なんて幸福だろうと思った。

「青い」と言ってほしかった。どうしてか私は、「青い」とか「白い」とか、色に気がついてくれる子になってほしかった。そんな話をさわことしたかった。

ろう学校へ入れたいと思った。

夫も、もちろん賛成してくれた。


そのころ、さわこのように重い障害が重複《ちょうふく》している子は、道内のどのろう学校にもほとんどいなかったので、入学は難しいだろうと思っていた。

けれど次の年、ろう学校の教育相談の教室で新しい校長先生と話した時、「もしかしたら」という気持ちがわいた。校長先生が、さわこに興味を持ってくれていると感じたからだ。


はたして、入学の許可がおりた。

身長が一二〇センチになっていたさわこは、長く伸びた髪を二つに結び、私の姉が買ってくれた赤いランドセルを背負い、いっしょに学校へ向かう。

入学式に着たのは、私が作った紺《こん》色のワンピース。笑うと前歯がところどころ抜けていたけれど、同じ年ごろの子どもたちがいるのがうれしくて、満面の笑顔で学校の門をくぐった。

玄関では、当時三十代後半だったS先生が、紺色のスーツを着て待っていてくれた。髪の毛がウニの殻《から》みたいにピンと立っていた。

教室に入ると、大きな水槽《すいそう》に赤い大きな金魚が三十匹ほどもぐちゃぐちゃと泳いでいて、少し驚《おどろ》いた。そしてこの日から、S先生とさわこと私の三人の授業が始まった。

北海道室蘭聾学校は室蘭工業大学の学生寮《りょう》のすぐ奥にあり、そのさらに奥にはサラブレッドの牧場と水源地があって、小さな山に囲まれていた。わが家は室蘭の端《はし》の方だったので、朝、軽自動車の後ろの席にちっちゃな娘と赤いランドセルを乗せて坂を下り、海の横を通り、立ち並ぶ工場群の横を抜け、緑に囲まれた学校へ行った。

毎日片道《かたみち》三十分、なんとぜいたくなドライブだったのだろう。

幼《よう》稚《ち》部、小学部、中学部あわせて二十人ほどの小さな学校。玄関には担任のS先生が毎朝立っていてくれて、一日が始まる。

自分の名前も、物には名前があることも知らないさわこの授業だった。

一時間目は朝の会。

日めくりを一枚めくる。日めくりと同じ1から31までの数字が並んだカレンダーの上に、同じ数字をカードの中から探して黒板にはる。

曜日も探して黒板にはる。

空を見ながら、その日の天気の絵カードを探して黒板にはる。

「いえ」と書かれたカードの下には、「さわこ」「おかあさん」というカード。

「がっこう」と書かれたカードの下に、「せんせい」のカード。

カードのとおりに「さわこ」「おかあさん」が呼ばれる。手を挙げ、「がっこう」のカードの下に自分のカードを移動する。

そして金魚にえさをやる。

たったこれだけのことに、一時間かける。

何度も同じことをする。

はじめはすべてが新しくて楽しかったけれど、だんだん飽《あ》きた。さわこも飽き

て、机に顔を突っ伏《つぷ》して動かない時もあった。

さわこは自分の名前のカードもわかっていなかった。

いつまでも自分の名前の紙すらわからないさわこに、私は腹を立てるわけでもいらだつわけでもなく、ただ「今日もまた同じことをするのか」と思っていた。

私の心の中には、「なんとかしてコミュニケーションをとれないものか」と願う気持ちと、「もうわかりっこない」というあきらめの気持ちの両方があった。

それでも先生はやめなかった。絶対に方向を変えなかった。


「さわちゃん、休み時間だよ」

一時間目の終わりを告げるチャイムが鳴ると、おかっぱ頭のチヅルちゃんが廊下からそーっとドアを開けて顔をのぞかせる。ゆっくりしたテンポで話すチヅルちゃんが、毎日教室に来てくれることが救いだった。

体育館でみんなで手つなぎ鬼《おに》をして、サッカーをして、走った。楽しかった。

図工も体育も音楽も、太鼓《たいこ》の時間も、小学部低学年の六人は一緒の授業だった。男の子が四人と女の子二人。それに一、二、三年の担任の先生たち。

オタマジャクシをとりに行った。グラウンドの草むしりをして、だれが一番おっきなミミズをとるか競争もした。

聴こえも難しく、それゆえに自身の発音も悪く、言っていることがわかりづらい子ばかりだったけれど、みんなでダンゴになって遊んでいるのを見るのは楽しかった。

音楽の時間だって、大声出して、リズムも歌詞《かし》もめちゃくちゃだったけれど、お腹《なか》いっぱい歌った。

みんなで笑った。さわこも、前歯の抜けた口をいっぱい開けて笑っていた。

一時間目の朝の会は退屈《たいくつ》だったけれど、S先生がいつも本気で遊んでくれたから、いつの間にかさわこは先生が好きになって、トイレにまでついていくようになった。

そのころからさわこは、朝の会の一つひとつを、「もういやだ」から「早くやってしまおう」に変えていった。

そうして迎えた一年生の三学期。

いつものように夜、布団《ふとん》の中で仰向《あおむ》けになって、もう何度も読んでくたびれた絵本のページをめくって見せていると、さわこが絵本の中にある「さ」の文字に人さし指をのばした。

私の胸がドクンと鳴った。

そしてさわこは、自分の顔を指した。

次に、「お」の文字を指し、私を指した。

ドクン、ドクンと私の胸が鳴った。

私は布団の中で、娘の頭をぎゅーっと抱いた。

あの茶色い生き物には、「さる」という「名前」がある。「さわこ」の「さ」は、「さる」の「さ」だとわかった日。

「〝さわこ〟という形の文字は、どうやら自分のことを指しているらしい」
一年生の終わりに、さわこはそのことがわかりはじめましたが、それでもまだまだ「すべてのものに名前がある」ということがわかったわけではありませんでした。

二年生になり、S先生とまた同じ教室で三人の授業が始まりました。時間割《じかんわり》や他の先生たちの顔、いろいろな場所の写真が少しずつ教室に増えていきました。

S先生はよく絵合わせカードをして遊んでくれました。いえ、遊びではなく授業だったのですが、さわこにはとても楽しい時間でした。

二十センチ四方ほどの厚紙に、カラーでアンパンマンの絵が書いてあります。

ドキンちゃんと、ばいきんまんと、ジャムおじさんと、カレーパンマンもいました。まったく同じ二枚の絵があり、同じものを合わせていきます。同じものを選ぶと先生はすごくほめてくれるので、さわこも「どうだ」という顔をします。

それが何日かすると、一枚はカラーのアンパンマン、もう一枚は白黒のアンパンマンになり、それを選んでいきます。また何日かすると、カラーの絵がアンパンマンのシルエットに変わります。次は、カードではなくアンパンマンの人形に変わります。カードの中の絵が大きくなったり小さくなったりもします。組み合わせは無限にありました。

そして今度は、カードや人形が教室の中のどこかに隠《かく》れていたりします。時には他の教室の友達も休み時間に遊びに来て、一緒に探してくれました。

そんな遊びを何日も続けたころ、S先生は、

「もうさわこはアンパンマンという字を覚えたも同じだね」

なんて言います。私は「ふーん」となんとなく聞いていました。

そして私はといえば、

――教室の金魚に触《さわ》りたいさわこが水槽に手を入れると先生に叱《しか》られる。なので朝早くさわこを連れてこっそり教室に入り、「シーッ」と内緒《ないしょ》で網《あみ》で金魚をす

くわせたり――とそんな困ったことをしていました。

雪のある日のこと。先生が、厚紙に黒ペンで、さる、わに、こま、おに、かに、あり、せみの絵を描いたカードを持って来ました。三人でそれに絵の具で色をぬりました。

先生は几帳面《きちょうめん》なので、ていねいにゆっくりぬります。「フーッ」と息をかけて乾かすと、それを黒板にはりました。

そして先生は、

「さる」

「わに」

「こま」

「おに」

「かに」

「あり」

「せみ」

と文字が書かれたカードを出すと、アンパンマンの絵合わせのように、それぞれの文字と絵を組み合わせて並べ、黒板にはりました。

そのときさわこは、驚《おどろ》いたように目を見開いて、口をとがらせていました。

家に帰ると、いつもは夕食の前の少しの時間、私が落書きのような絵を描いたり、本を見せたりします。でもその日は違いました。ペンを私の手に持たせるのです。何かを描いてほしいようなのですが、それが何なのか、なかなかわからない。

さわこは机の上にあるスケッチブックをトントン、トントンと人差し指で叩いて、何かを訴《うった》えてきます。

私はやっと、「ああ、教室で描いた絵だろうか」と思いました。

スケッチブックの表紙を破り、裏に茶色いクレヨンでさるの絵を描きました。

もう一枚破り、「さる」と文字で書きました。

わに、こま、おに、かに、あり、せみの絵も描きました。そしてそれらの文字も書いていくと、書いていく端から次々と、文字の書かれた紙を絵のカードに重ねていくのです。

本当に驚きました。まったく間違うことなく合わせていくのです。それが楽しくて楽しく仕方がないというふうに。

一度合わせると、アンパンマンのカードのようにまたバラバラにおき、また合わせる。食事の時間になってもやめることはありません。

私もごはんのことを忘れて、いつまでもいつまでも同じことを繰《く》り返していました。
気がつくと十時になり、そのままお風呂も入らずに寝てしまいました。
そして私は、S先生のすることにはすべて意味があるのだなあと思いました。

さわこのじてんができるまで

ものには名前があるということがわかり、
ことばを使ったやりとりをするための手がかりをつかんださわこ。
ものの名前や絵が書かれたバラバラのカードを、
毎日の生活で使いやすくしようと
少しずつ工夫を重ねて本の形にまとめたのが「さわこのじてん」です。
いちばん大切にしたのは、
さわこが自分の手でページをめくれるようにすることでした。

1

最初の絵カード

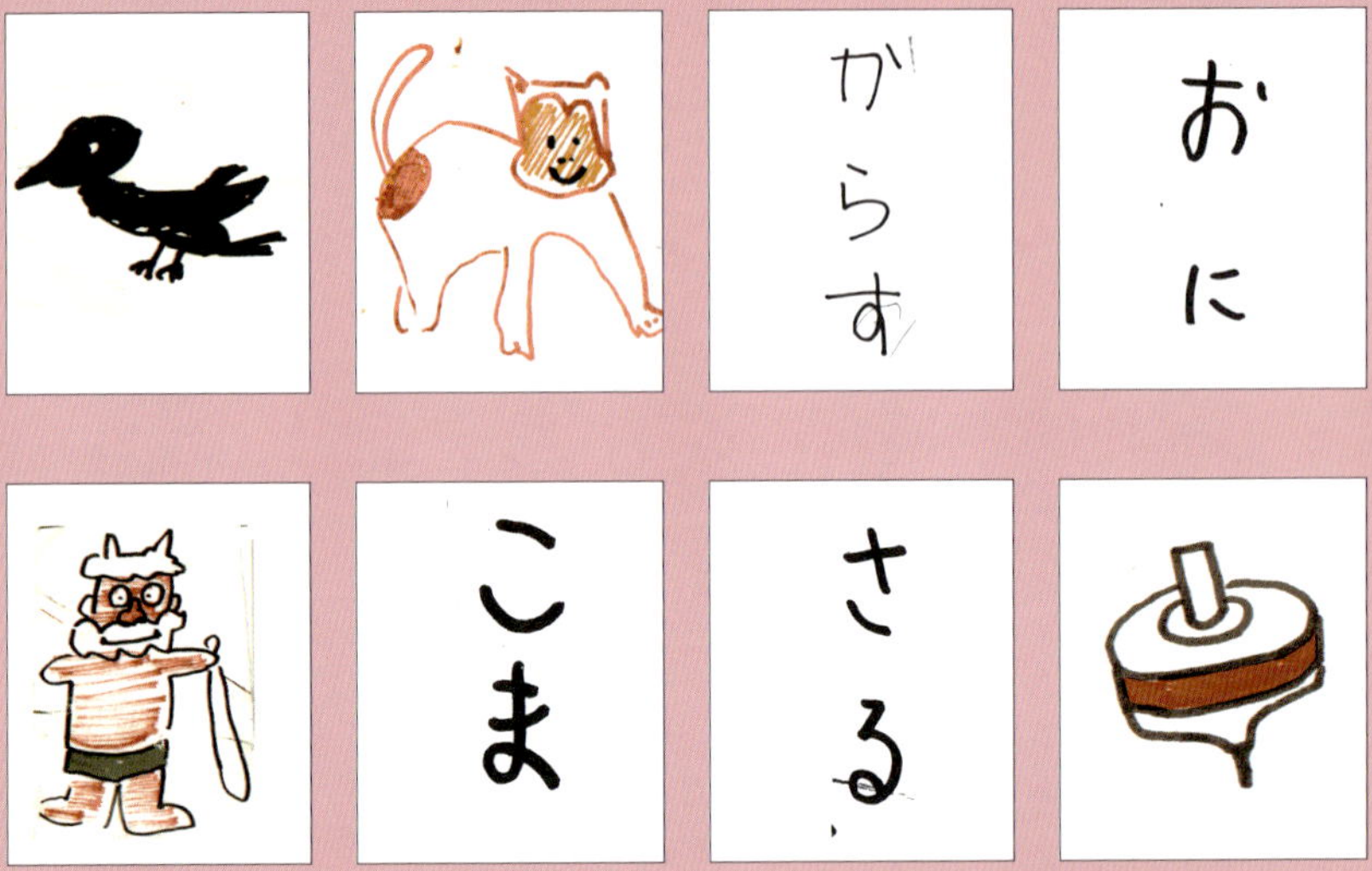

ものには名前があると初めて分かった日の夜、家で作ったカードです。スケッチブックの表紙を破いて描きました。

　さわこはアンパンマンの絵合わせカードをするように、私が描いていく端から文字と絵を合わせていきました。あの生きものは「さる」、学校に時々現れる怖《こわ》いものは「おに」。それらの名前を知ったさわこの顔は、うれしくて誇《ほこ》らしげでした。

2
絵カード進化版

このころは、手当たり次第に何でもカードを作っていました。遠足に行く前には「リュック」「おべんとう」「すいとう」を作り、当日まで、お弁当箱などを前に何度も文字と絵を合わせて遊びました。

好きな食べものもカードにしました。カードはどんどん増えていきました。コミュニケーションの手段というよりは、楽しいゲームでした。

3

最初の名前ボード

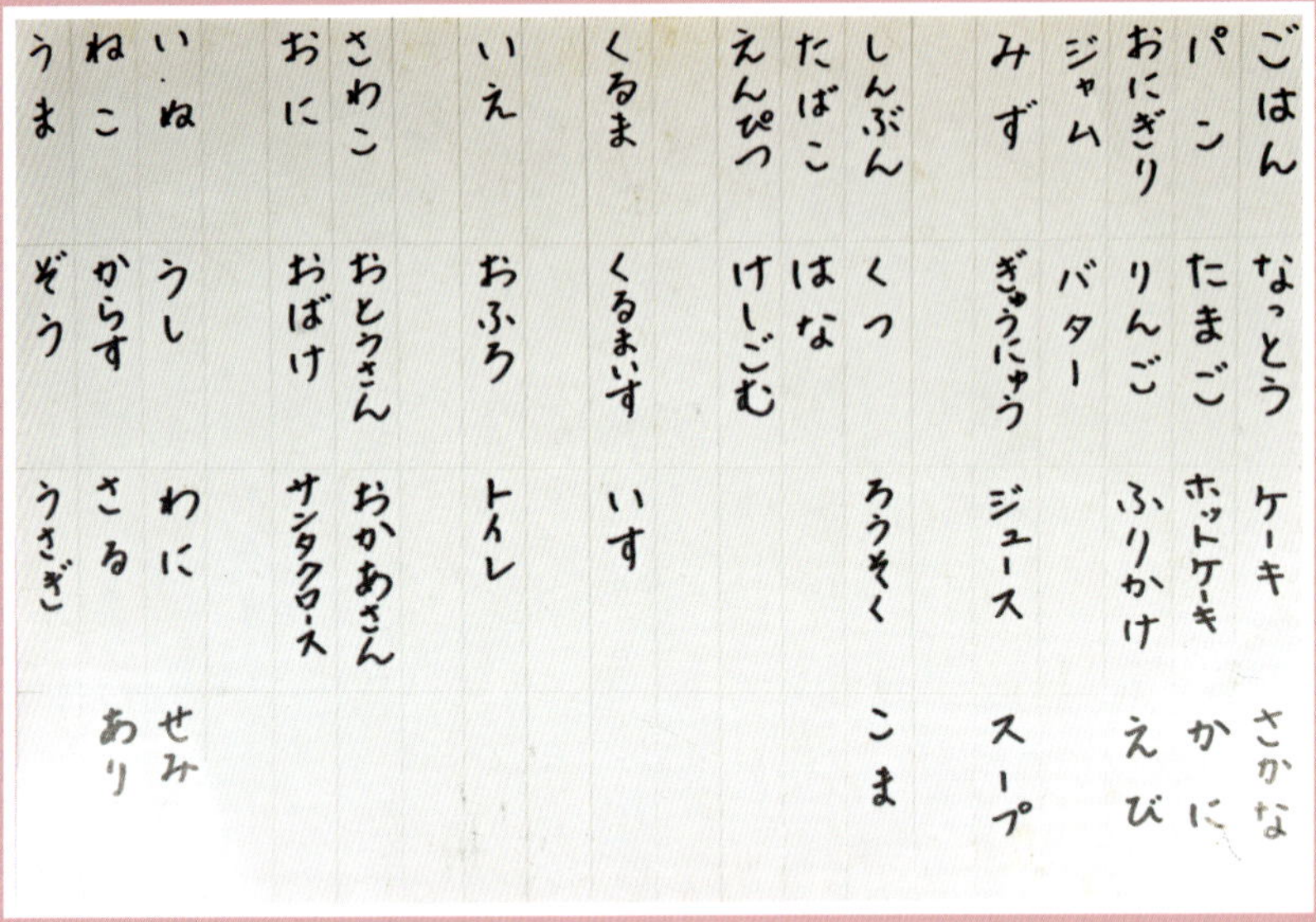
ごはん なっとう ケーキ さかな
パン たまご ホットケーキ かに
おにぎり りんご ふりかけ えび
ジャム バター
みず ぎゅうにゅう ジュース スープ
しんぶん くつ ろうそく こま
たばこ はな
えんぴつ けしごむ
くるま くるまいす いす
いえ おふろ トイレ
さわこ おとうさん おかあさん
おに おばけ サンタクロース
いぬ うし わに せみ
ねこ からす さる あり
うま ぞう うさぎ

さわこはやがて「〇〇をとってほしい」と言葉にならない声を出すことが増えていきました。でも私には何がほしいのかわかりません。体が不自由でなければ、自分で取りにいっていたに違いありません。

コミュニケーションの手段が必要だったので、絵カードでおぼえた言葉を一枚の紙に書いてみました。食事の時「ふりかけ」を指すので持っていくと、飛び上がるように喜んでいました。「通じる」ってうれしいことなのです。

4
名前ボード（失敗作）

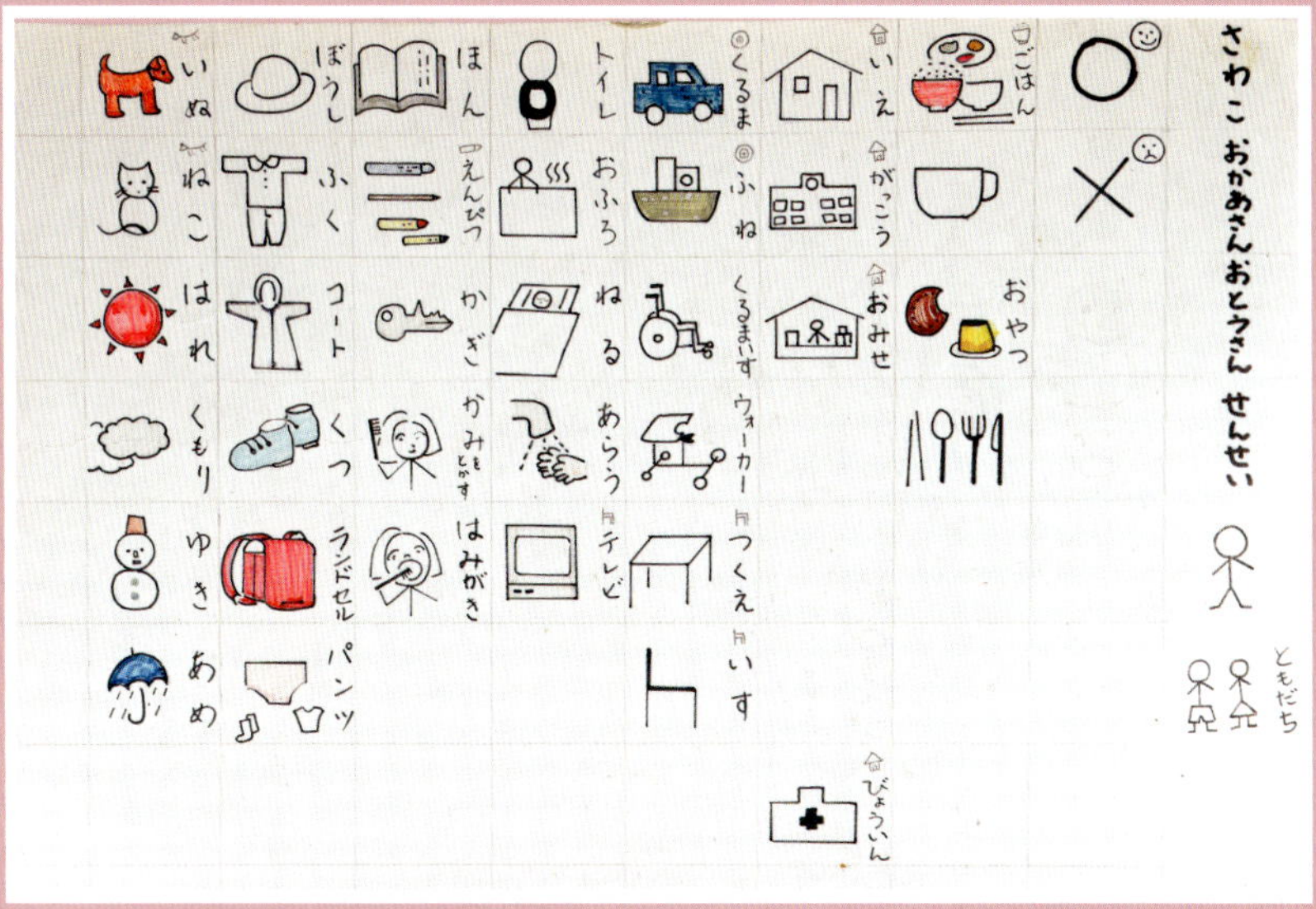

前ページの名前ボードを作る前のボードがこれです。小三の当時は、まだこれらの言葉の意味をわかっていませんでした。やりとりができる手《しゅ》段《だん》がほしくて作ってみたのですが、大失敗！　さわこはまったく興味を示しませんでした。私には必要な言葉でしたが、さわこにとってはつまらない言葉だったのです。

大好きな玩具《おもちゃ》の写真や言葉があって、それを指せば相手が持ってきてくれる。言葉ってそんな風に便利で楽しい！　それが基本なのでした。

そうしてできたのが「さわこのじてん」でした。厚紙を半分に折り、裏からガムテープではり合わせて、本のかたちにしました。

小学校三年生になり、担任《たんにん》の先生が代わりました。

さわこは始業式の日に、玄関で待ってくれている先生がM先生になっていて、「きゃー」と声を出して喜んでいました。

二年生までのS先生も大好きでしたが、ときどき体育館で遊んでくれる体の大きなM先生のことも好きでした。M先生は柔道《じゅうどう》の有段者《ゆうだんしゃ》で、子どもをヒョイと抱き上げて遊んでくれるので、みんなに人気の先生でした。

三年生からは、私は学校への送り迎えだけとなりました。副担任は、やさしくゆっくりと話す女性のT先生です。

さわこを二人におまかせして学校の門を出ると、とてもさびしくてやるせない気持ちになりました。毎日片時《かたとき》も離れず一緒だったので、とうとうほんの少しの間の子離《こばな》れです。

そんな私の心とは裏腹《うらはら》に、学校へ迎えに行くと、赤いランドセルと長く伸びた髪《かみ》を左右に揺《ゆ》らしてサドルつきの歩行器で走ってくるさわこと、その後ろを走ってくる二人の先生は、本当に楽しそうでした。

二人の先生は「待つ」ことがとても上手だなあと思います。

さわこがしようとしていることを、手を出さずにじっくり待つ。

「聞く」ことも上手でした。さわこの訴えをわかろうとして、聞くことに時間をかける。

それは、簡単なようでいて難しいことです。

車いすではなく、自分で歩きたい。

自分のしたいことを何とか相手に伝えたい。

自分の訴えをわかってほしい。

さわこは、そんな気持ちがどんどん強くなっていくようでした。

二人の先生の「訴えを聞く気持ち」が、さわこの「伝えたい気持ち」を強くしていったのでしょう。そしてさわこは、「伝わるとうれしい」という気持ちも強く持つようになったのだと思います。

動物が大好きなさわこは、学校の裏《うら》にある牧場に馬を見に行きたい。でもまだこのころは、ことばをそんなにたくさんは知らなかったので、コートを先生に渡し、教室の入り口の方へ向かう。あれこれと思いを伝えるすべを、さわこなりに考える。先生たちも、さわこが「何を言いたいのだろう」と時間をかけて考える。そうして「あれかな」「これかな」と本を見せたり、カードを見せたりして、やっと「馬が見たい」ということが伝わったとき、

「ああーさわちゃん、うまが見たかったんだ」

と先生たちがすごく喜ぶ。そんな毎日のことを、先生たちがあとで教えてくれました。

なんだか私は、外国の人に囲まれて、伝えたいことに四苦八苦《しくはっく》している人みたいだなあと思いました。そして、私なら間違《まちが》いなく、私の訴えをなんとか聞き出そうと走り回る人を好きになるだろうし、その人ともっともっと話してみたくなるだろうなあと思いました。

二枚のカードに別々に字と絵を書いて、カード合わせをして、学校でも家でも遊ぶ。そのころさわこは、そうしてことばを覚えていきました。好きな食べ物や動物のカードが少しずつ増えていきました。

ある日、家で食事をしていると、台所の背の高い棚《たな》を指して「アーアー」と声を出します。「みず」が飲みたいのだろうかと水をコップに入れて持って行くと「ちがう」と手を振《ふ》る。

また「アーアー」と声を出す。スプーンだろうかと持って行くと「ちがう」。

何度も何度もさわこと棚との間を往復し、それでもさわこのほしいものがわからずに、とうとう百三十センチのさわこを抱いていすに立ち、高い棚に手を伸ばさせました。

さわこがほしかったのは、キャラクターの絵がついたふりかけでした。

そんなことが何度かありました。私はさわこの言いたいことがなんでもわかるカンのいい親ではありません。

でもさわこは、自分のほしいものを取りに行くことができない。

何かが必要でした。

カードで覚えた二十か三十のことばを、私は一枚の大きな厚紙に書いてみました。そして、それを二人でお互《たが》いに指をさす、というやりとりが始まりました。学校の先生たちの名前もカードで覚えていたので、一枚の紙ではスペースが足りない。なんとか、知っていることばのすべてが書かれている「物」がほしい。できることなら、手の動きにも制限があるさわこが、自分で扱《あつか》えるかたちにしたい。

子ども向けの本のように厚い紙でできていたら、さわこも自分でめくれるに違いない。

そう考えました。

「自分でめくる」。このことを大事にしたいと思いました。

「牛乳とオレンジジュース、どっちを飲む?」と聞かれたら、「いや、りんごジュースが飲みたい」と言えたらいい。

家になければ買いに行けばいい。買いに行くのが面倒《めんどう》なら、やっぱり牛乳でがまんしよう。――そんなふうなやりとりができたらいい。そんな先のことまで考えていました。

子どもに選択肢《せんたくし》を与えたようでいて、いつも大人が言う二つのどちらかを選ばせるだけ。私はそれがいやだったのだと思います。

できるだけたくさんの知っているものの中から選ばせたい。そう思いました。

そうしてできたのが「さわこのじてん」でした。

厚紙を半分に折り、裏からガムテープではり合わせて、本のかたちにしました。

小学校三年生の十一月。

入学式のとき欠けていた前歯は生えそろい、少しお姉さんの顔になっていました。

さわこは、歩行器につけたテーブルに「じてん」をのせ、満面の笑顔で私に手を振ると、左右に体を揺らしながら教室に入って行きました。

一つひとつのことばは、耳から入ってきたことばではないので、学校で、家で、一つひとつを大事に教え、さわこはそれを覚えていきました。

そして、じてんにひとつ、ふたつと、大切なことばが増えていきました。

さわこのじてんの使い方

「通じる!」「分かってもらえた!」のために。

●わが家では「じてん」の合図を決めました。
(左の手のひらを右の人差し指でトントン)
じてんがそばにないときは、合図で要求します。

●「いいよ」は自分の胸を叩《たた》く。「ちがう」は手を振る。こんな身振りをお互いに決めておくと便利です。

●あいさつや、すぐに使いたい言葉は表紙のポケットに。

●「あか」「あお」などの色の表記が結構役に立ちます。「あー」「あー」と声を出して訴えられても、私にはわからないことも。そんな時の手がかりになります。

●空欄《くうらん》や空きページを用意しておき、新しい言葉は書き足します。私が風邪《かぜ》をひいた時、「熱さまシート」を使ったので、書き足しました。数日後、ねこ舌のさわこは、熱いお芋《いも》を口に入れ、「熱さまシート」!と。

●言葉は日常会話や勉強などにカテゴリー分けします。でも、新しい言葉を書き足していくうちに結局グチャグチャに。いいんです! 言葉は使いやすいところにあったほうが。
【例　お出かけのページに「お土産《みやげ》」など】

●小さいころのじてんはひらがなだけ。漢字やカタカナなどが増えてくると、覚えきれるのだろうかと心配になったこともありましたが、学校の先生に「覚えられる時期には文字の種類にこだわらず！」と言われ、どんどん追加していきました。それに「としょかん」の建物は「図書館」、「スーパー」の名前はカタカナと、視覚で覚えているのだから、それでもいいのかな。

●言葉が増えていくと、探すのが大変？　でも、言いたいことが見つからず「わからない」と指され、泣かれた方が悲しい。

●索引《さくいん》があれば相手側には便利かも、と思い作ってみたこともありますが、それだけで十ページ以上になってしまいました。もしさわこと話す機会があったら、じてんを手に「話すぞー！」という気持ちで向き合ってみてください。使い方はだんだん覚えます。

●五十音表が一枚あれば簡単なのかもしれません。けれど、さわこは一字ずつ並べていくのが苦手。聴覚を活用できないからかな。自分にあったものであればいいんです！

●この方法がベスト！とはかぎらない。いろんなことをどんどん試してみよう。写真をいっぱいはるとかね。

とにかく「じてんがあれば便利！」と思ってくれたらいいなと願います。

じてん1冊目

現在の本の形のじてんが生まれたのは小三のころ。B5サイズくらいの厚紙数枚を半分に折り、ガムテープで内側からつなぎ合わせていき、表紙と裏表紙を一枚の布でくるんで作りました。家の中にあるものや動物を書いたページなど全部で十二ページほどでした。

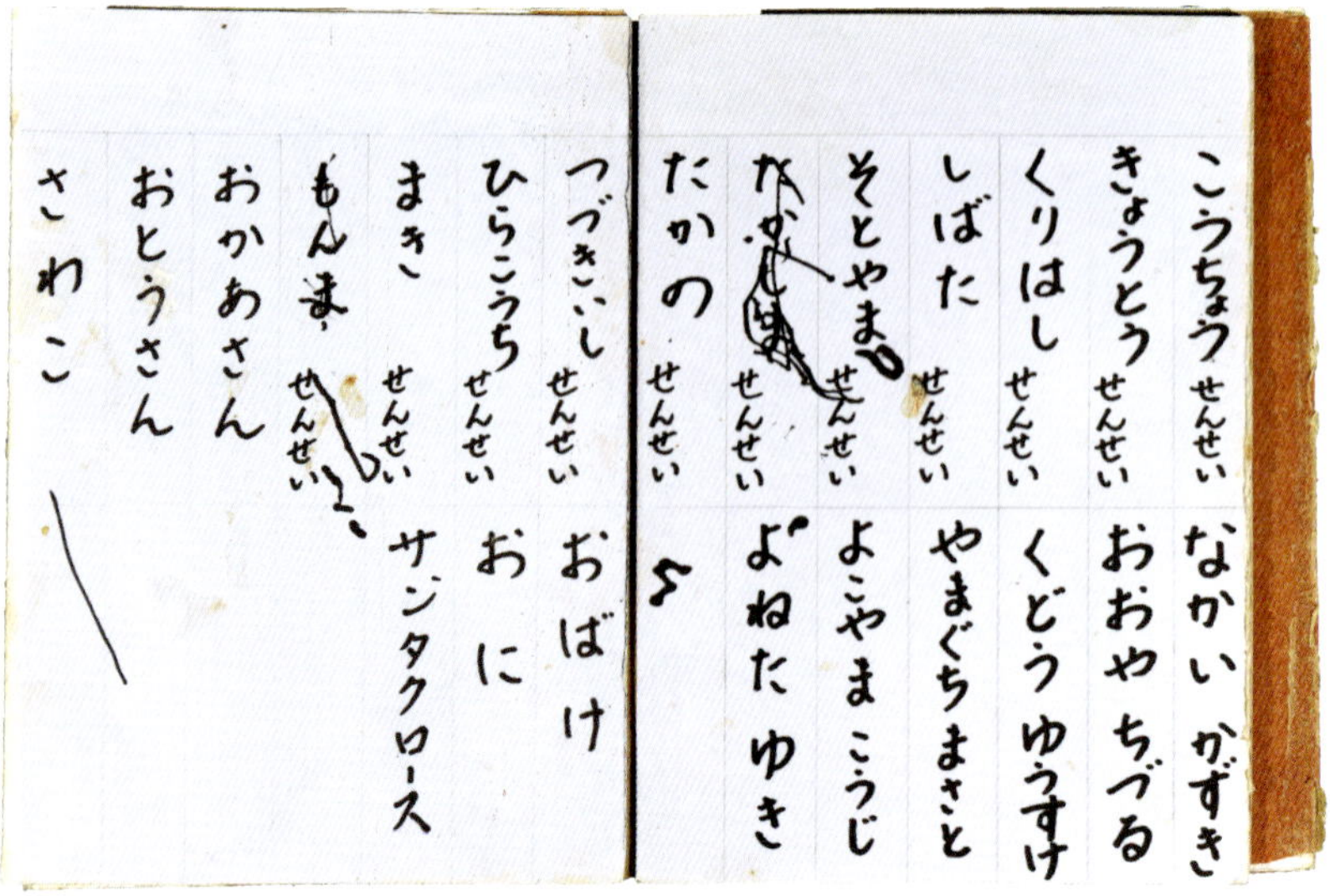

聾学校小学部の先生や友達の名前を書きました。さわこが名前を指すと、気づいただれかがその子に「さわこが呼んでいるよ」と伝えてくれます。

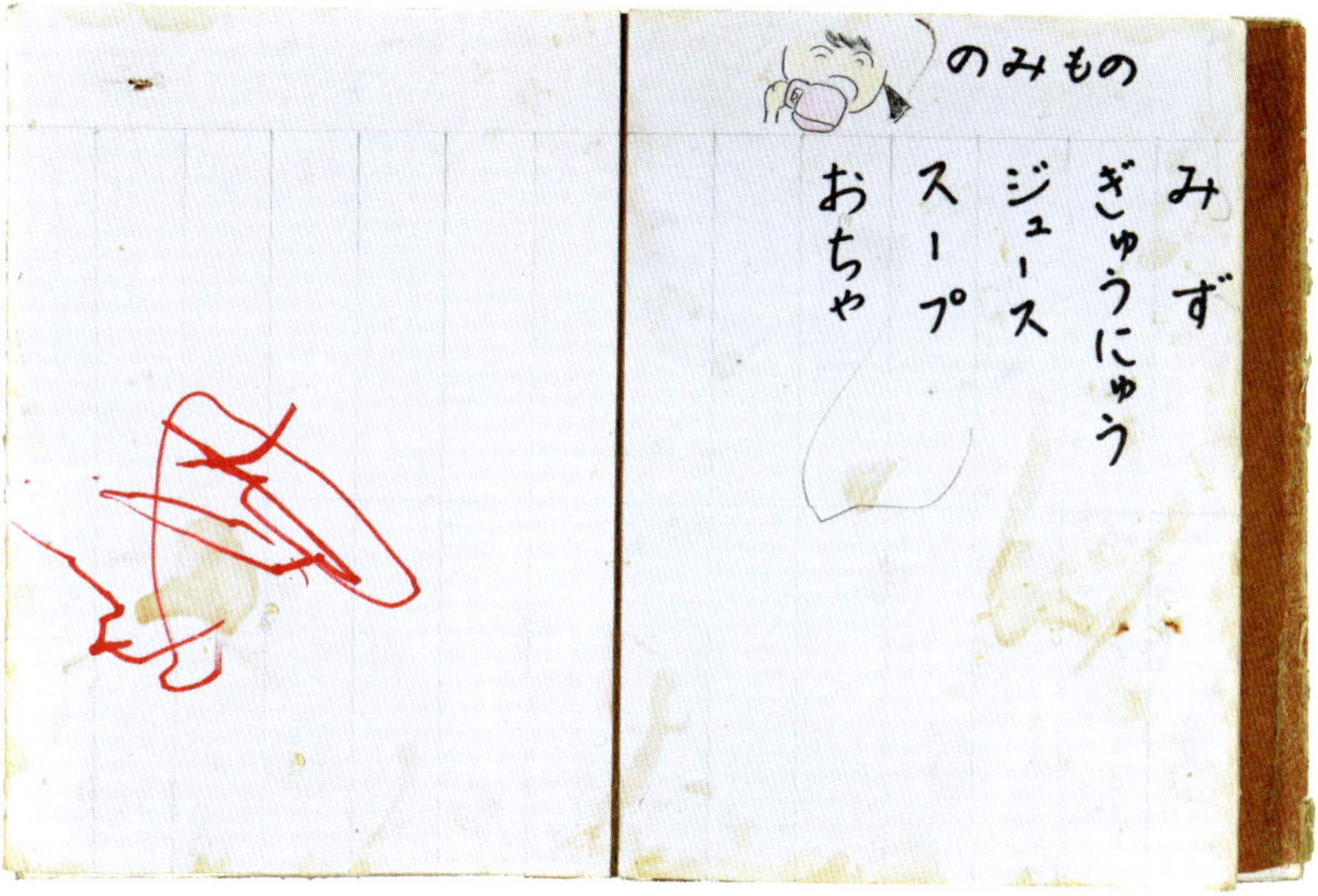

買い物に行くと、自分の顔を指してから「ジュース」、私の顔を指してから「おちゃ」と。おとんの「コーヒー」「ビール」も増えました。

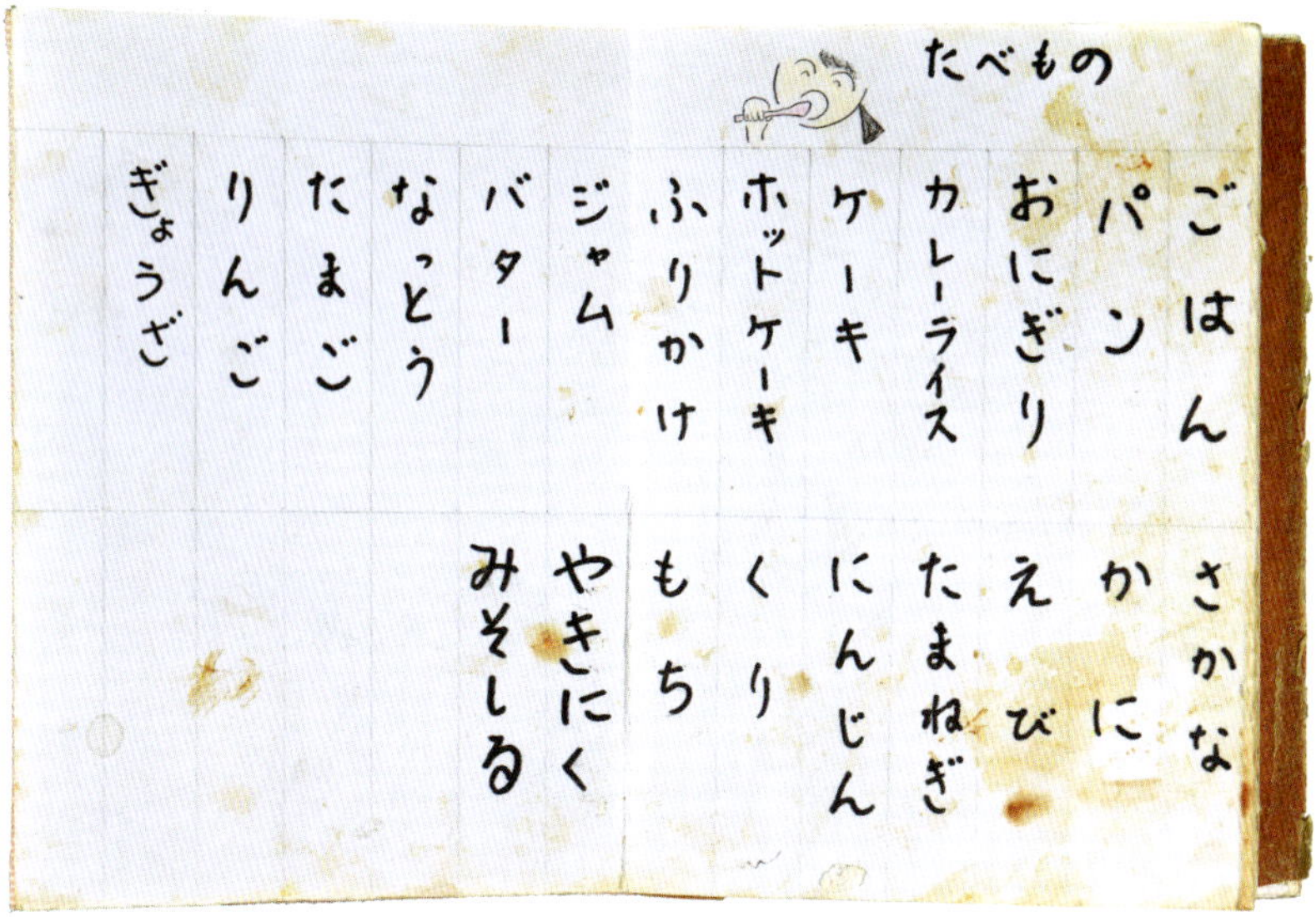

ある休みの日に「やきにく」のリクエスト。そんな小さなやりとりができるようになったのがとてもうれしい日々でした。

日本一

じてん3冊目

小五のじてんは、パソコンを使ってカラフルにし、言葉を探しやすくしました。表紙には、周りの人の目を引くものを入れてみようとポケットを作ってみました。他にリハビリのページなども。

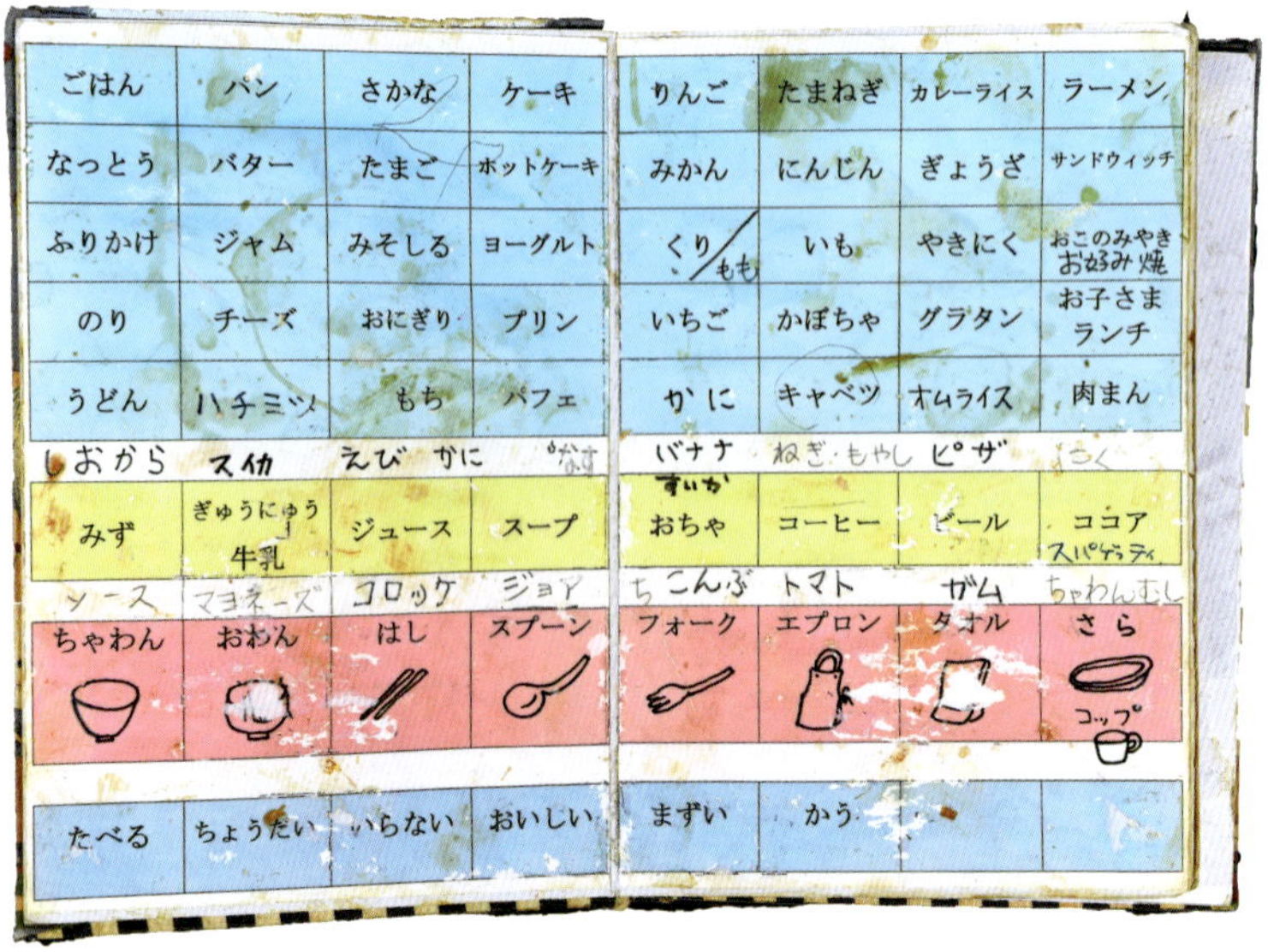
ごはん パン さかな ケーキ りんご たまねぎ カレーライス ラーメン
なっとう バター たまご ホットケーキ みかん にんじん ぎょうざ サンドウィッチ
ふりかけ ジャム みそしる ヨーグルト くり もも いも やきにく おこのみやき お好み焼
のり チーズ おにぎり プリン いちご かぼちゃ グラタン お子さまランチ
うどん ハチミツ もち パフェ かに キャベツ オムライス 肉まん
おから スイカ えび かに バナナ ねぎ・もやし ピザ
みず ぎゅうにゅう 牛乳 ジュース スープ すいか おちゃ コーヒー ビール ココア スパゲティ
ソース マヨネーズ コロッケ ジョア こんぶ トマト ガム ちゃわんむし
ちゃわん おわん はし スプーン フォーク エプロン タオル さら コップ
たべる ちょうだい いらない おいしい まずい かう

ゆっくりできる休みの朝はリクエストがたくさん。「パン」「スープ」「たまご」「ハチミツ」。テーブルの上がいっぱいになりました。

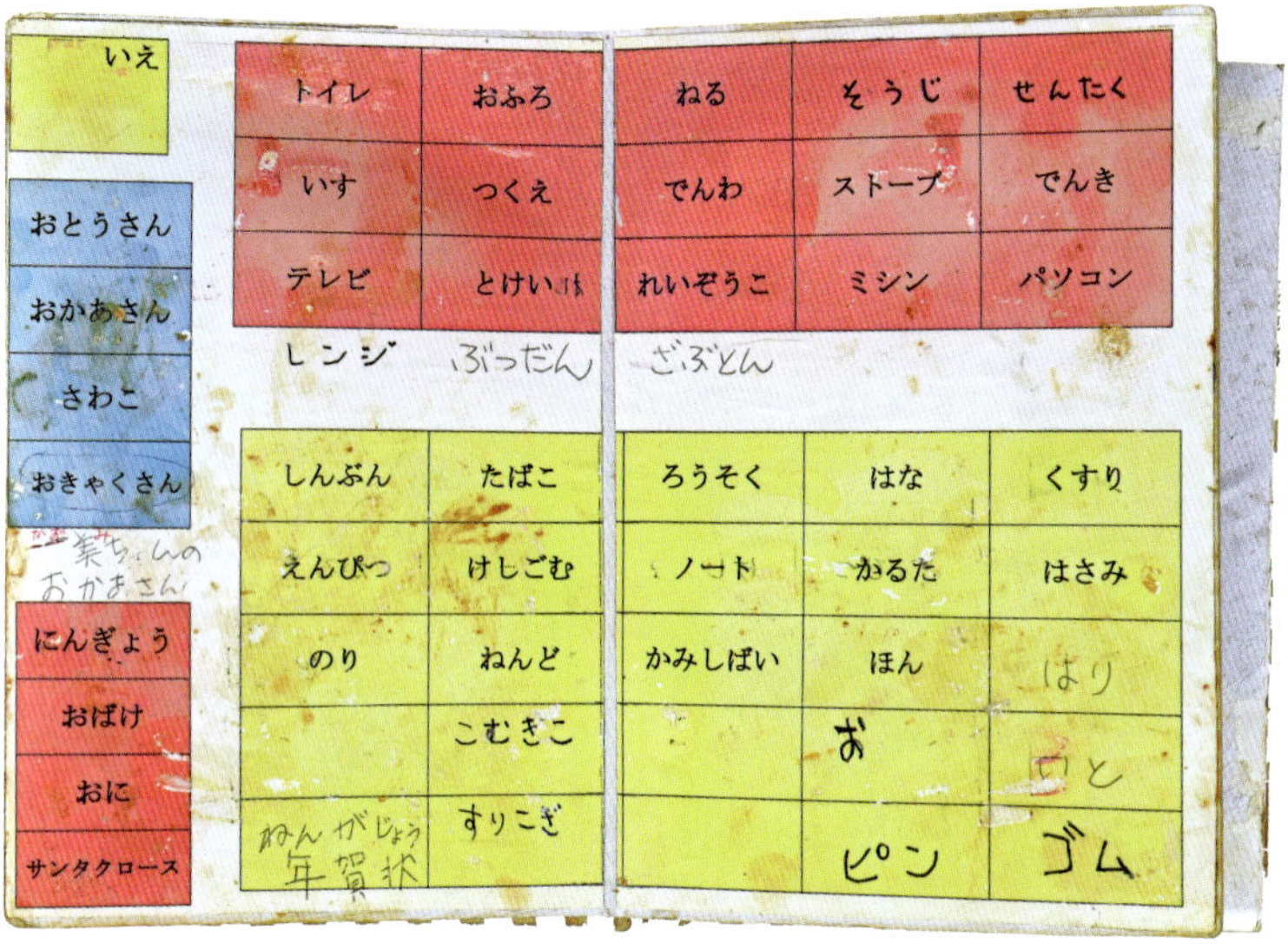
いえ
おとうさん
おかあさん
さわこ
おきゃくさん
にんぎょう
おばけ
おに
サンタクロース
トイレ
おふろ
ねる
そうじ
せんたく
いす
つくえ
でんわ
ストーブ
でんき
テレビ
とけい
れいぞうこ
ミシン
パソコン
レンジ
ぶつだん
ざぶとん
しんぶん
たばこ
ろうそく
はな
くすり
えんぴつ
けしごむ
かるた
はさみ
のり
ねんど
かみしばい
ほん
はり
こむぎこ
お
すりこぎ
ねんがじょう
年賀状
ピン
ゴム

学校から帰るとすぐに「かみしばい」！　紙芝居だけのページを作ればよかったと思うほどたくさんの紙芝居を読みました。

このころは「訴える」→「通じる」を大事にしていました。

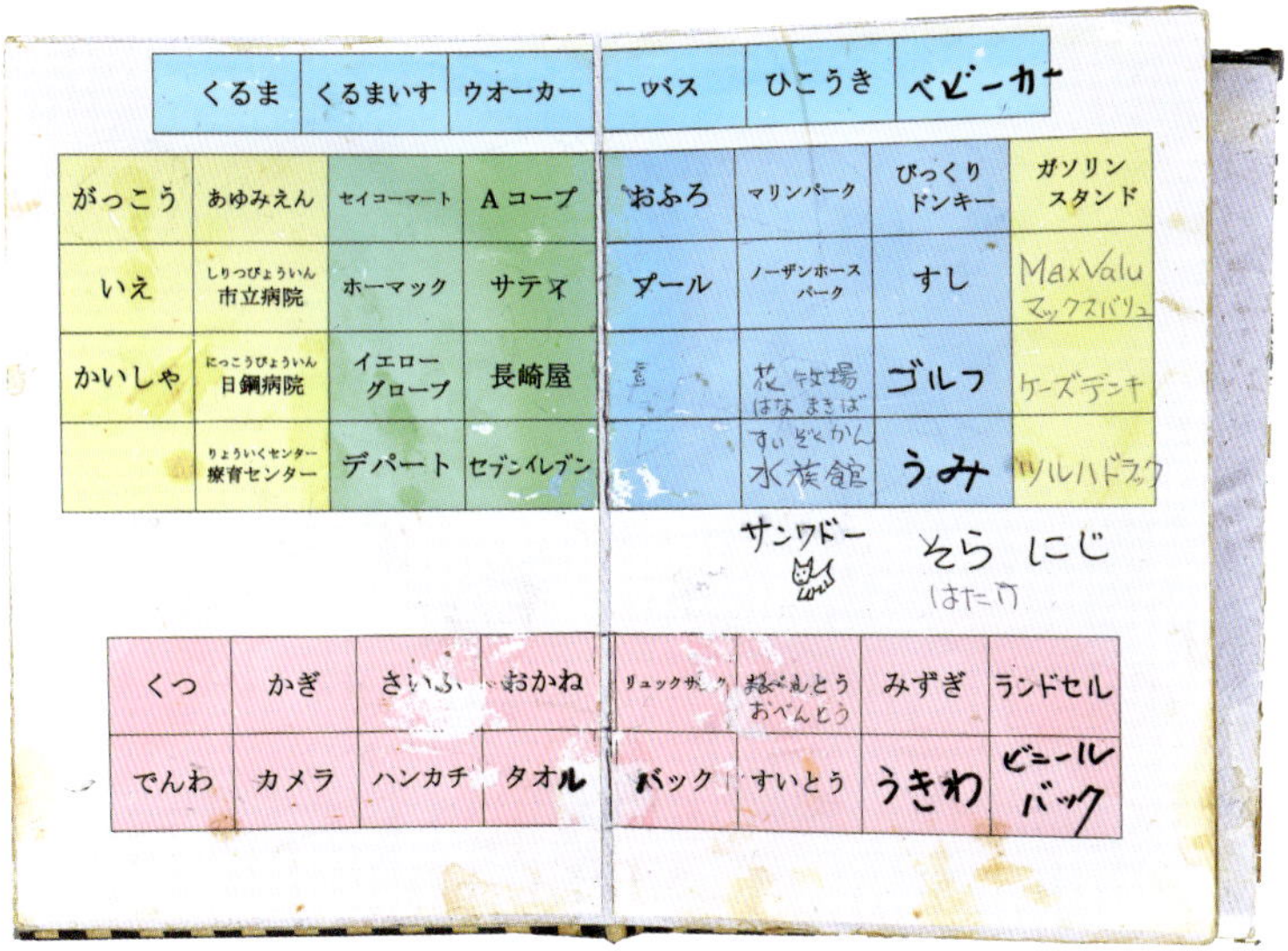
くるま
くるまいす
ウオーカー
バス
ひこうき
ベビーカー
がっこう
あゆみえん
セイコーマート
Aコープ
おふろ
マリンパーク
びっくりドンキー
ガソリンスタンド
いえ
市立病院《しりつびょういん》
ホーマック
サティ
プール
ノーザンホースパーク
すし
MaxValu
マックスバリュ
かいしゃ
日鋼病院《にっこうびょういん》
イエローグローブ
長崎屋
花牧場
はなまきば
ゴルフ
ケーズデンキ
療育センター《りょういくセンター》
デパート
セブンイレブン
すいぞくかん
水族館
うみ
ツルハドラッグ
サンワドー
そら
にじ
くつ
かぎ
おかね
みずぎ
ランドセル
おべんとう
でんわ
カメラ
ハンカチ
タオル
バック
すいとう
うきわ
ビニールバック

行きたいところもたくさん。「プール」を指すのでカレンダーを見ながら日にちを決めると、次は「うきわ」「みずぎ」。

二人で指しながら持ち物準備をします。

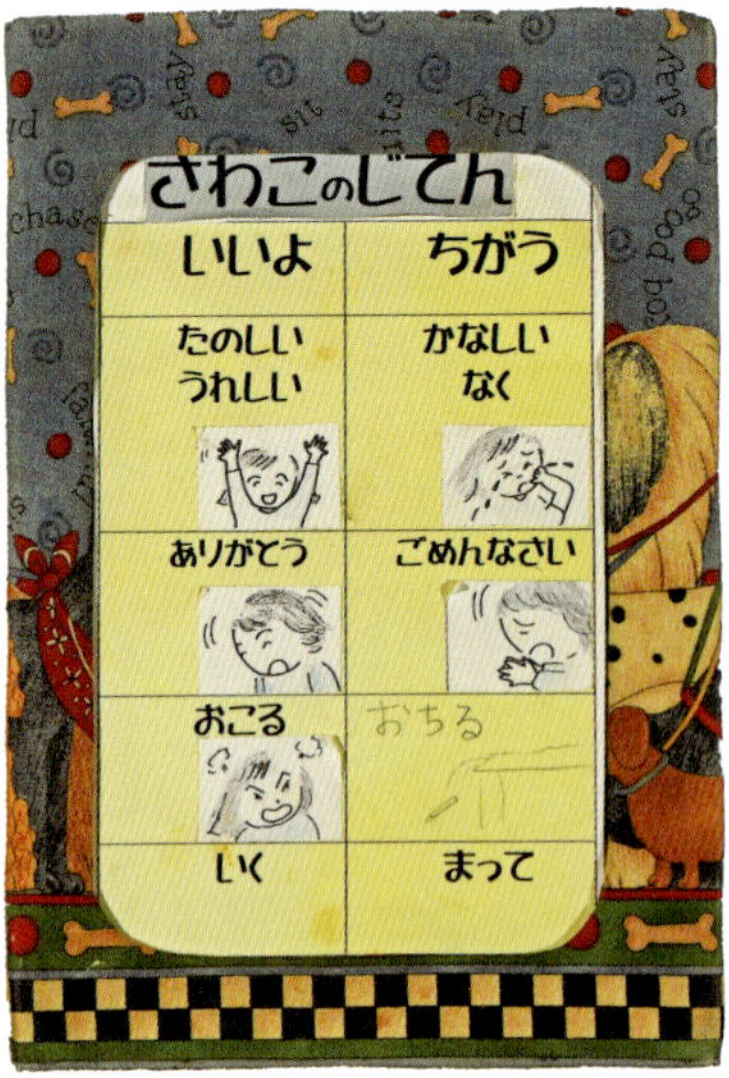

じてん6冊目

小六のじてんは、表紙のポケットによく使う言葉を書いたカードを差し込みました。文房具、本、着るもの、外出先などのページが増え、本文は三十ページ、厚さは三センチに。

感情を表す言葉も耳から自然と入るわけではないので、絵にして伝えます。他の子の服を引っ張って先生が「おこる」と指すと、さわこは「ごめんなさい」。

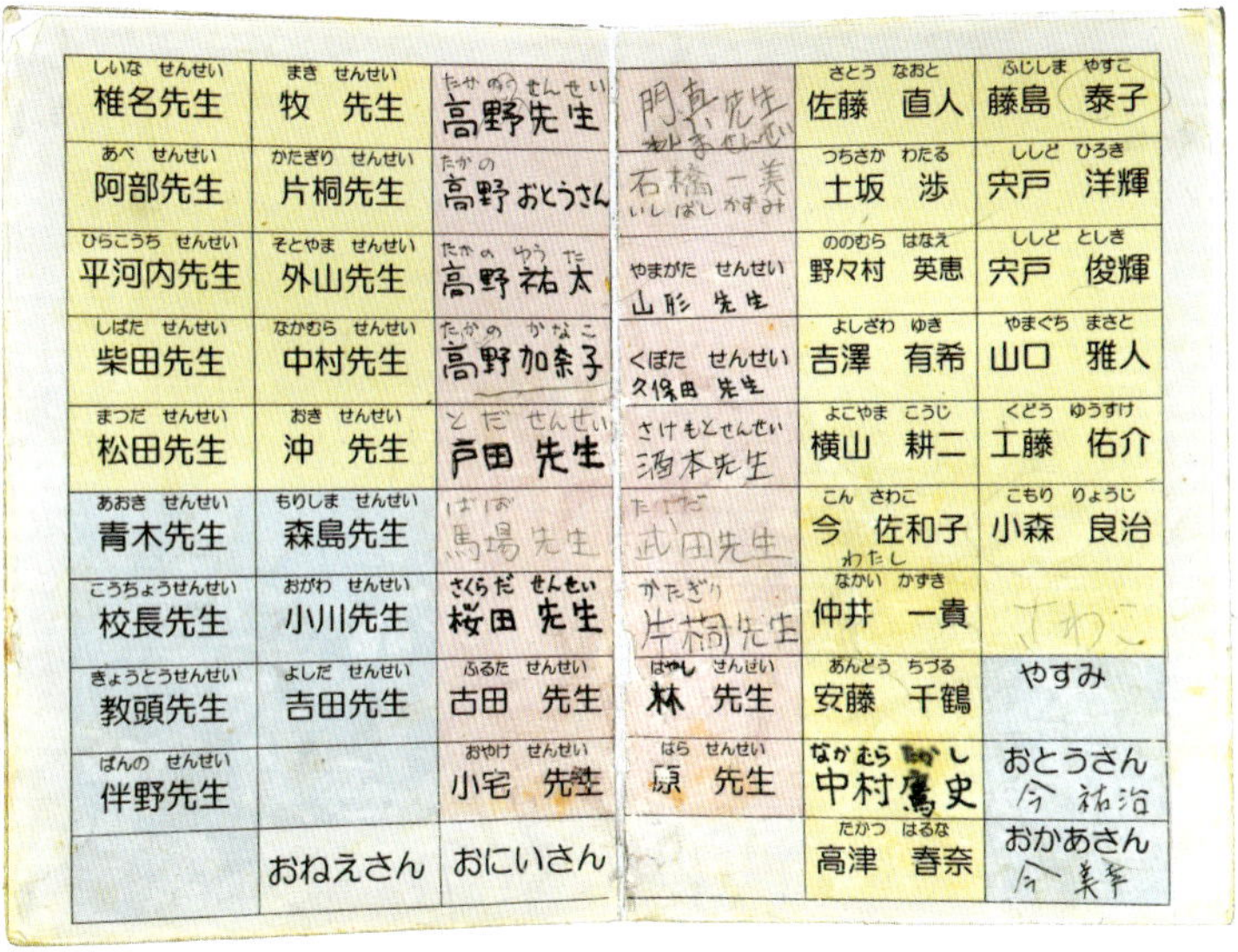

大好きな後輩のやすこさんの教室へ遊びに行きたくて、授業中に「泰子さん」を指すさわこ。すると先生が他のページの「べんきょう」「まだ」を指します。

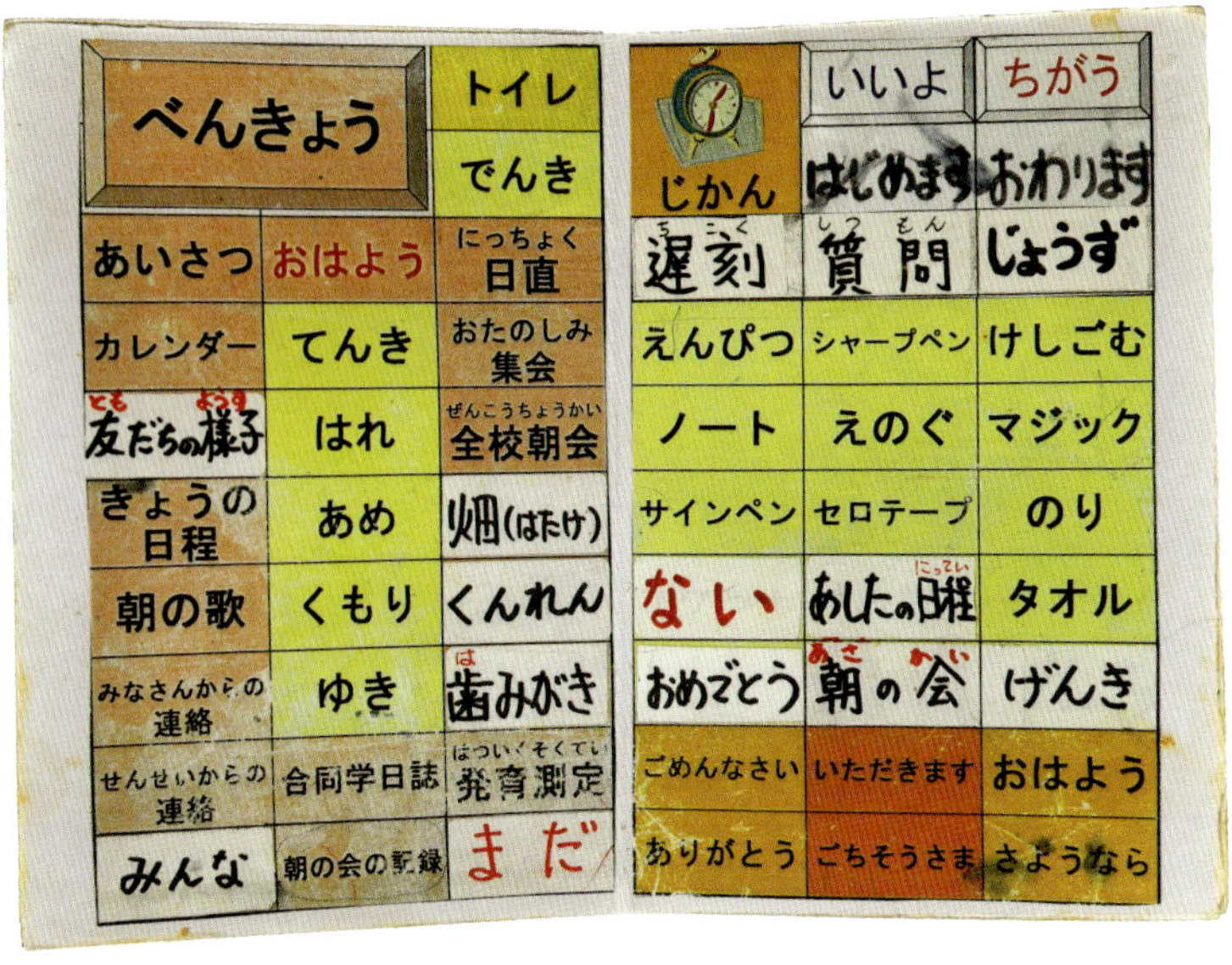

日直の仕事もこのページを使ってやりました。朝の会で「てんき」「はれ」と指し、「みなさんからの連絡」を指します。横についた先生が、さわこが指したところを発表してくれます。

作り方大公開！

丈夫でコンパクト、そして使いやすく。

【仕上がりサイズ】
Ａ５（たて21・よこ14・8センチ）、厚さ5センチ、本文34ページ

【材料】
●板目表紙　Ａ４サイズ…19枚（本体用17枚、表紙用２枚）
水に濡れてもブヨブヨになりにくい。オススメはコクヨの製品で、たくさんはり合わせても反り返らない。
●布　27×72センチ
10枚セットでホームセンターなどで販売している。楽しい柄のほうが汚れが目立たない。
●クリアファイル

【道具】
木工用ボンド／ハサミ
スティックのり／ものさし
目打ち／カッターナイフ

【準備】
①本文をパソコンで作ります。（原稿はＡ４サイズで）
②①を家庭用のプリンターで印刷。
③②をコンビニなどのコピー機でコピーします。（家庭用プリンターのインクは水に弱いため。初めからオフィス用のレーザープリンターを使う場合、この工程は不要）

お子さまは
あわてず さわがず
良い子にして まちましょう

【手順】
それではスタート。まず本文ページの台紙を作ります。

①板目表紙の真ん中にものさしをあて、目打ちでスジを入れる。（軽くね！ あまり強く入れると破れやすくなる）

②スジの入った方を外側にして、谷折りに折る。

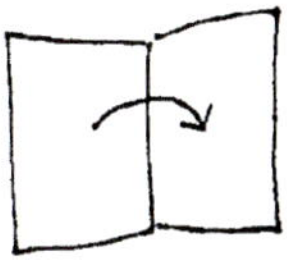

気合いだ!

③折った板目表紙の外側にボンドをぬり、台紙をすべてはり合わせる。

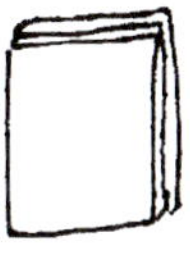

A5サイズの本の形になりました。

④平らな板などに重しをして、一晩置いて乾燥させる。

……翌朝。これでさわこみたいなゲンコの手でもめくりやすくなりました。

ゲンコの手でも めくれる.
さわこの手は ゲンコの手
パーは にがてなの
じゃんけん だって
グーだけさ!
かかってこい!

ここからはじてんの外側（表紙／裏表紙／背表紙）です。

〈用意するもの〉

●板目表紙を半分にカットしたもの（A5サイズ）…3枚

●表紙用の布（27×21センチ）…1枚

●裏表紙用の布（27×21センチ）…1枚

●背表紙用の布（27×10センチ）…3枚

まずは裏表紙。

⑤カットした板目表紙（1枚）にボンドで布をはる。（布端は裏へ折り返してはる）

お次は表紙。（カードが入るポケット付き）

⑥板目表紙（1枚）の周囲を3センチ幅で残し、真ん中をカッターでくり抜く。

⑦表紙用の布に、⑥の紙の穴より小さな穴をあける。

⑧⑦の布を⑥にはり、内側の布のまわりに切り込みを入れ、折り返してボンドではる。

⑨外側の布の上部だけを裏へ折り返しボンドではる。

⑩もう1枚の板目表紙を⑨の裏側に重ね、布の左右と下部分を裏へ折り返しボンドではる。

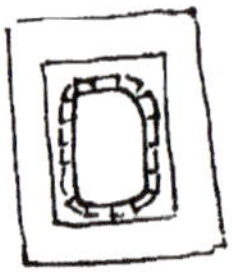

⑧

⑨

⑩

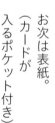

はい！　表紙はこんな感じ。ここまでくればもう少し！

⑪背表紙用の3枚の布をボンドではり合わせます。
（芯になる紙を入れないかわりに、布を3枚を重ねている）

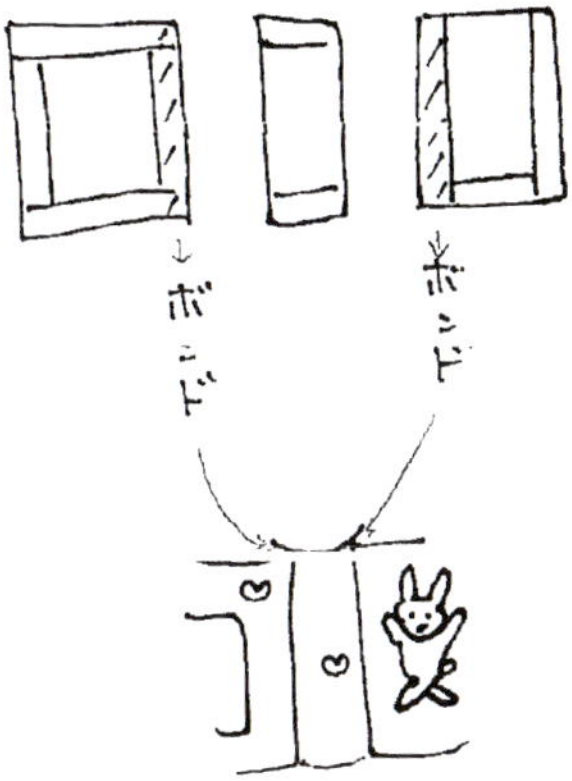

⑫背表紙のたてが21センチになるように⑪の上下を内側に折り、ボンドではる。
⑬表紙、裏表紙、背表紙をボンドではり合わせる。
⑭表紙と裏表紙の内側にボンドをたっぷり塗り、本体をはり合わせる。
（背表紙と本体との間には隙間ができる）

⑮最後に、印刷した本文を半分にカットし、各ページにのりではる。
（スティックのりだとボヨボヨにならない）

クリアファイルを本体より小さめにカットし、好きなページに両面テープではってポケットにしてもよい。

【所要時間】
真面目にやれば半日＋乾燥時間

【費用】（目安）
●コンビニでのカラーコピー代…850円（50円×17ページ）
●板目表紙…600円（10枚で300円×2）
●布…300円

歴代の「じてん」。右上が初代、さわこが小学校 3 年生の頃。
ここにないものも含め、これまでに手作りしたじてんは 15 冊に上る

夕方、さわこが通所施設から帰ってきました。

㋚㋳　ごはん　つくる
㋚㋳　ごはん　食べる
㋚㋳　お茶わん　洗う
㋚㋳　お風呂　入る
　　テレビ　または　本
㋚㋳　寝る

寝る前にはジグソーパズル、ぬりえ、アイロンビーズなどなども。
そして 二人 いっしょ に一日が おわります。
そんな日々の暮らしのなかで、どのようにじてんを使っているか。
ここからは、

じてん現役版の全ページ ほぼ実物大 を紹介します

㋚窓の外の雪を見て「たのしみ」！　お友達の服をひっぱって「ごめんなさい」！　お土産を買って帰るおとんには「好き」！　すぐに使える言葉は表紙に。

表紙

紙はいつも楽しくて明るい柄にします。
れかが興味を持って手にとってくれたらいいなと願って。

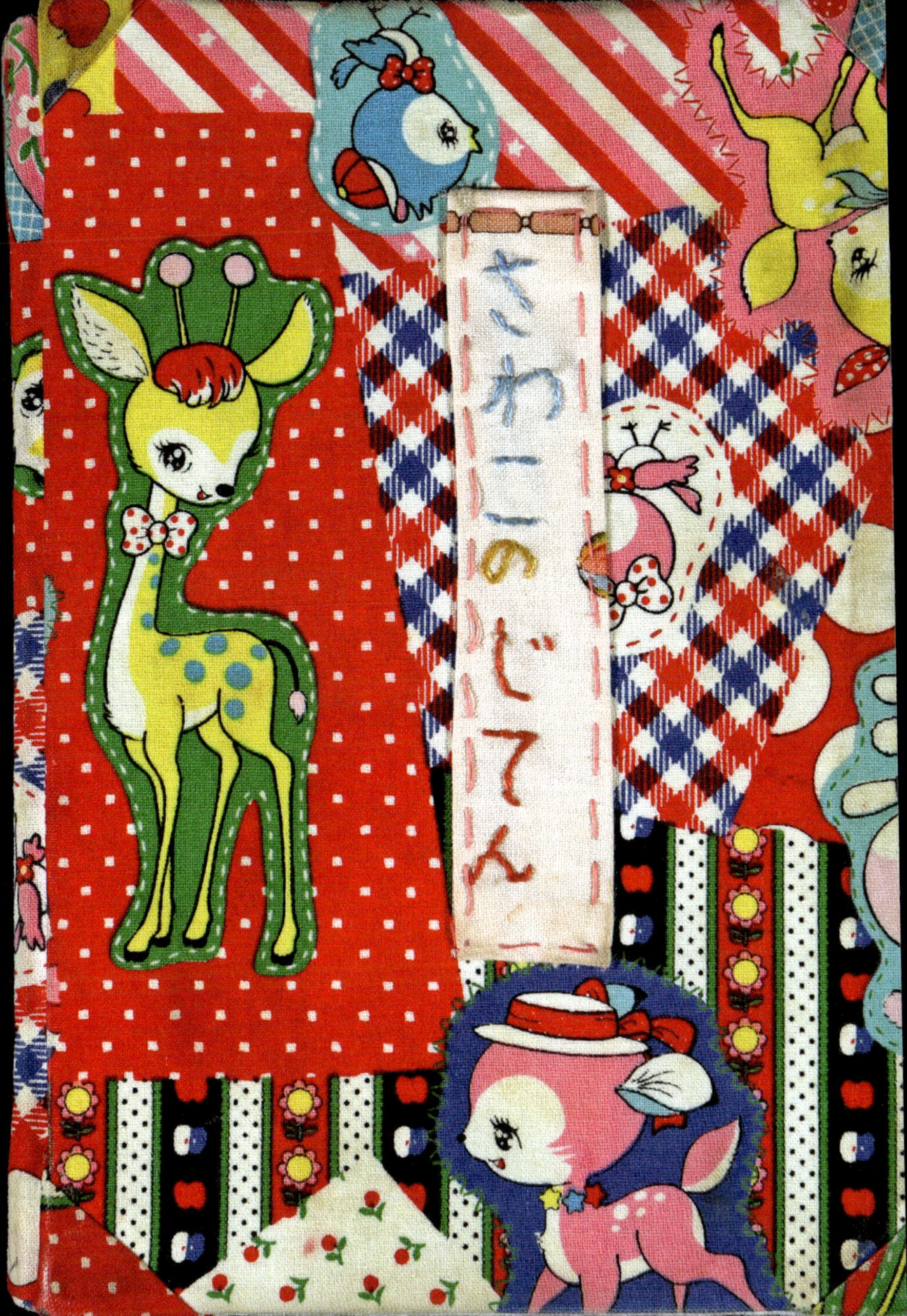

裏表

10月
日 月 火 水 木 金 土
1 2 3 4 5 6
あけぼの あけぼの あけぼの 市立病院
おやすみ。 あけぼの
レゴ
7 8 9 10 11 12 13
おやすみ。
14 15 16 17 18 19 20
21 22 23 24 25 26 27
28 29 30 31

ⓢ「明日」お出かけのページで「あけぼの」。私はそれをカレンダーに書き込みます。

ⓢ「〇日」「レゴランド」！「おとん」「おねがいします」

①

いつもと違うことや、楽しいことは絵や写真にしてポケットに。
だれかとさわこのお話の糸口になったらいいな。

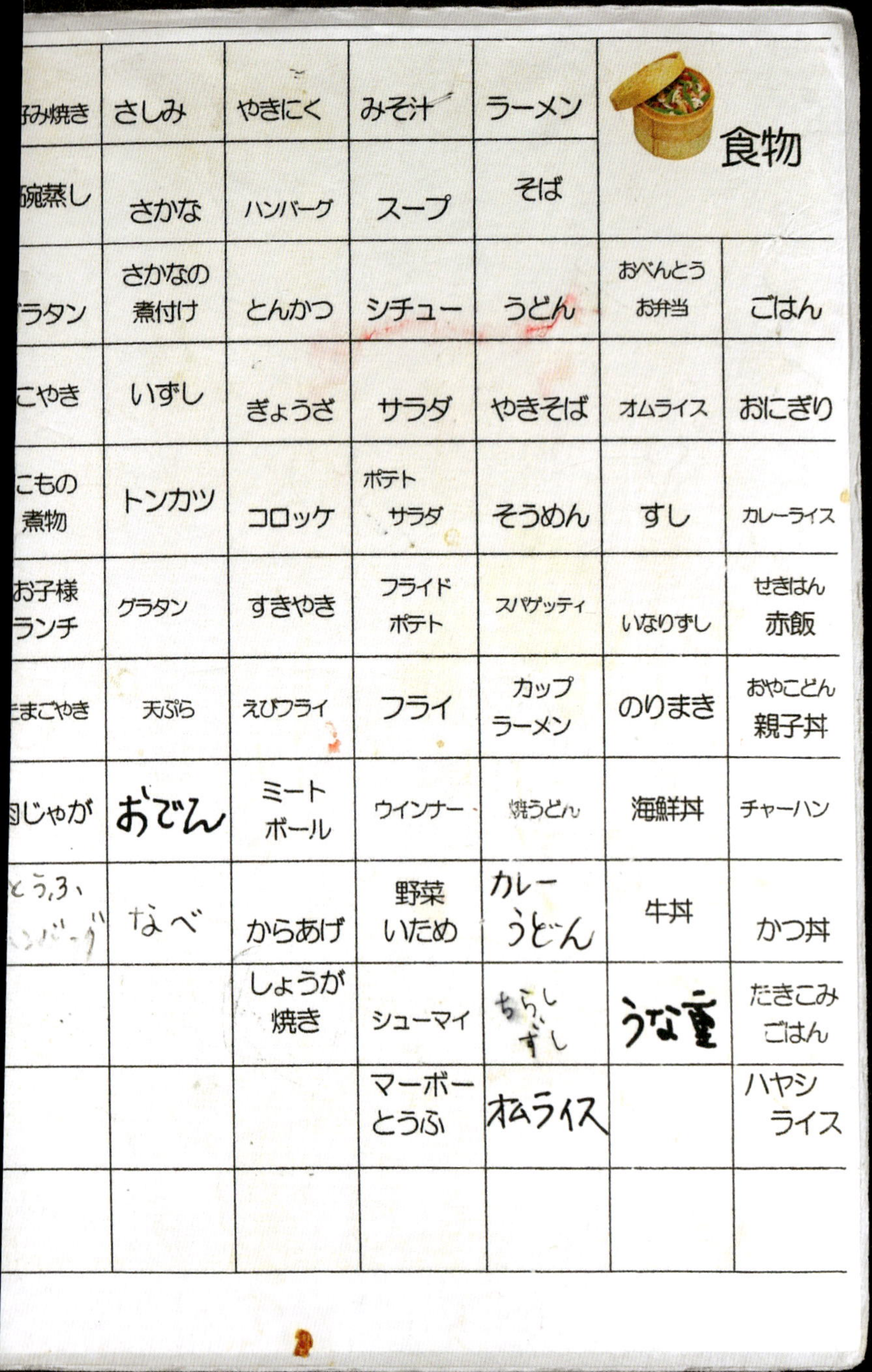

好み焼き	さしみ	やきにく	みそ汁	ラーメン	食物	
碗蒸し	さかな	ハンバーグ	スープ	そば		
ラタン	さかなの煮付け	とんかつ	シチュー	うどん	お弁当《おべんとう》	ごはん
こやき	いずし	ぎょうざ	サラダ	やきそば	オムライス	おにぎり
こもの煮物	トンカツ	コロッケ	ポテトサラダ	そうめん	すし	カレーライス
お子様ランチ	グラタン	すきやき	フライドポテト	スパゲッティ	いなりずし	赤飯《せきはん》
まごやき	天ぷら	えびフライ	フライ	カップラーメン	のりまき	親子丼《おやこどん》
肉じゃが	おでん	ミートボール	ウインナー	焼うどん	海鮮丼	チャーハン
とうふ、ハンバーグ	なべ	からあげ	野菜いため	カレーうどん	牛丼	かつ丼
		しょうが焼き	シューマイ	ちらしずし	うな重	たきこみごはん
			マーボーとうふ	オムライス		ハヤシライス

母「今日」「何を食べる?」
さわこのリクエスト ナンバー1「すし」、2「お好み焼き」、3「やきにく」!

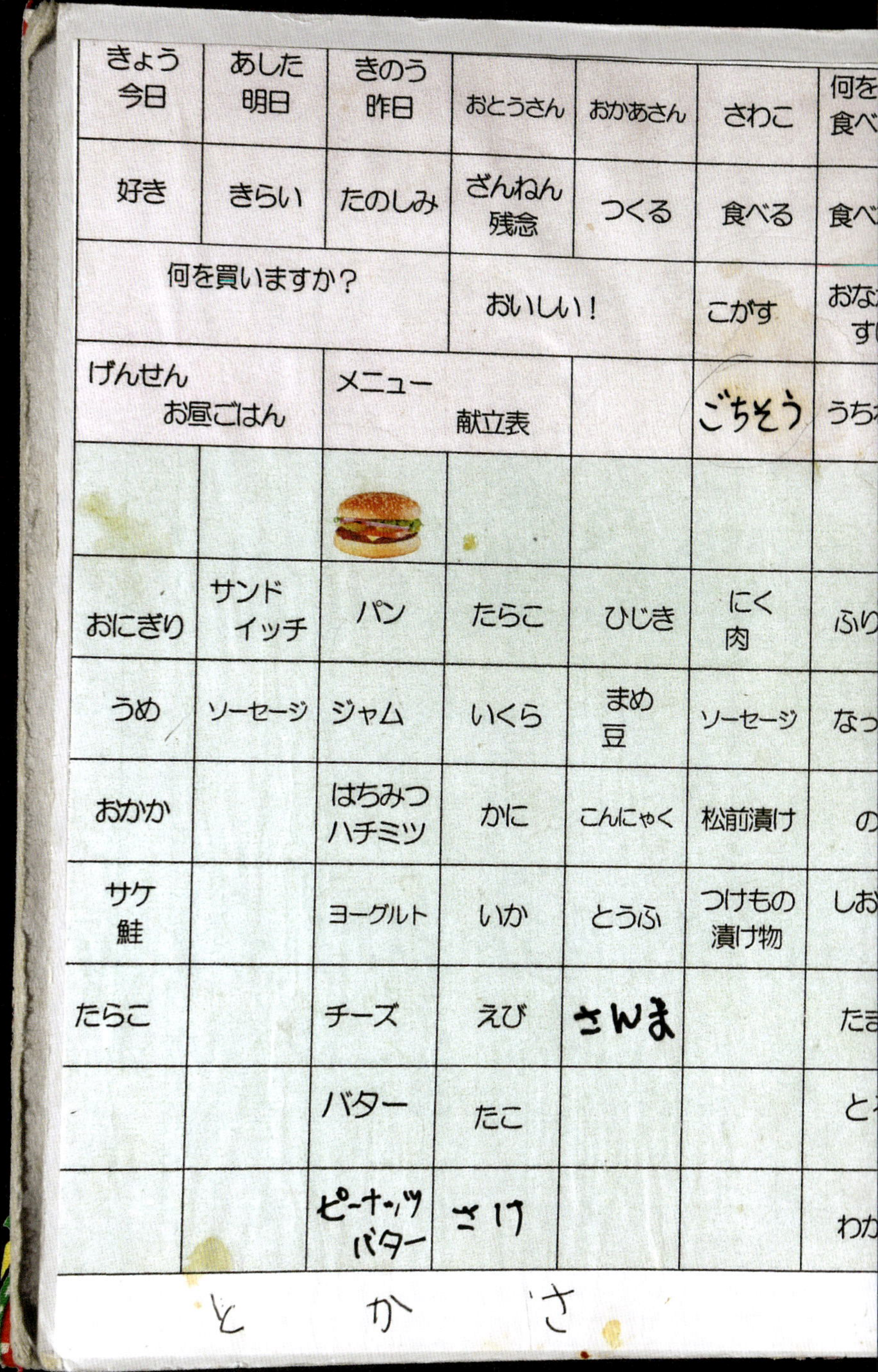
きょう 今日
あした 明日
きのう 昨日
おとうさん
おかあさん
さわこ
好き
きらい
たのしみ
ざんねん 残念
つくる
食べる
何を買いますか？
おいしい！
こがす
げんせん お昼ごはん
メニュー 献立表
ごちそう
おにぎり
サンド イッチ
パン
たらこ
ひじき
にく 肉
うめ
ソーセージ
ジャム
いくら
まめ 豆
ソーセージ
おかか
はちみつ ハチミツ
かに
こんにゃく
松前漬け
サケ 鮭
ヨーグルト
いか
とうふ
つけもの 漬け物
たらこ
チーズ
えび
さんま
バター
たこ
ピーナッツ バター
さけ
と か さ

朝、通所施設に行く前。
ⓢ「おかあさん」「買物」「コープ」「すし」（と言い付けられる）

あらう
洗う
すいとう
おべんとう箱
フライパン
なべ
包丁《ほうちょう》
まな板
ガス台
ンジ
おわん
ちゃわん
茶碗
はし
いぞうこ
蔵庫
コップ
さら
スプーン
フォーク
はさみ
サランラップ
IH
ヒーター
タオル
エプロン
ホット
プレート
ティッシュ
すいはんき
炊飯器
おろし金

ⓒ「ぎょうざ」リクエストの日。母がフライパンで焼こうとすると、
ⓒ「ホットプレート」(母)「いいよ」と胸を叩きます。

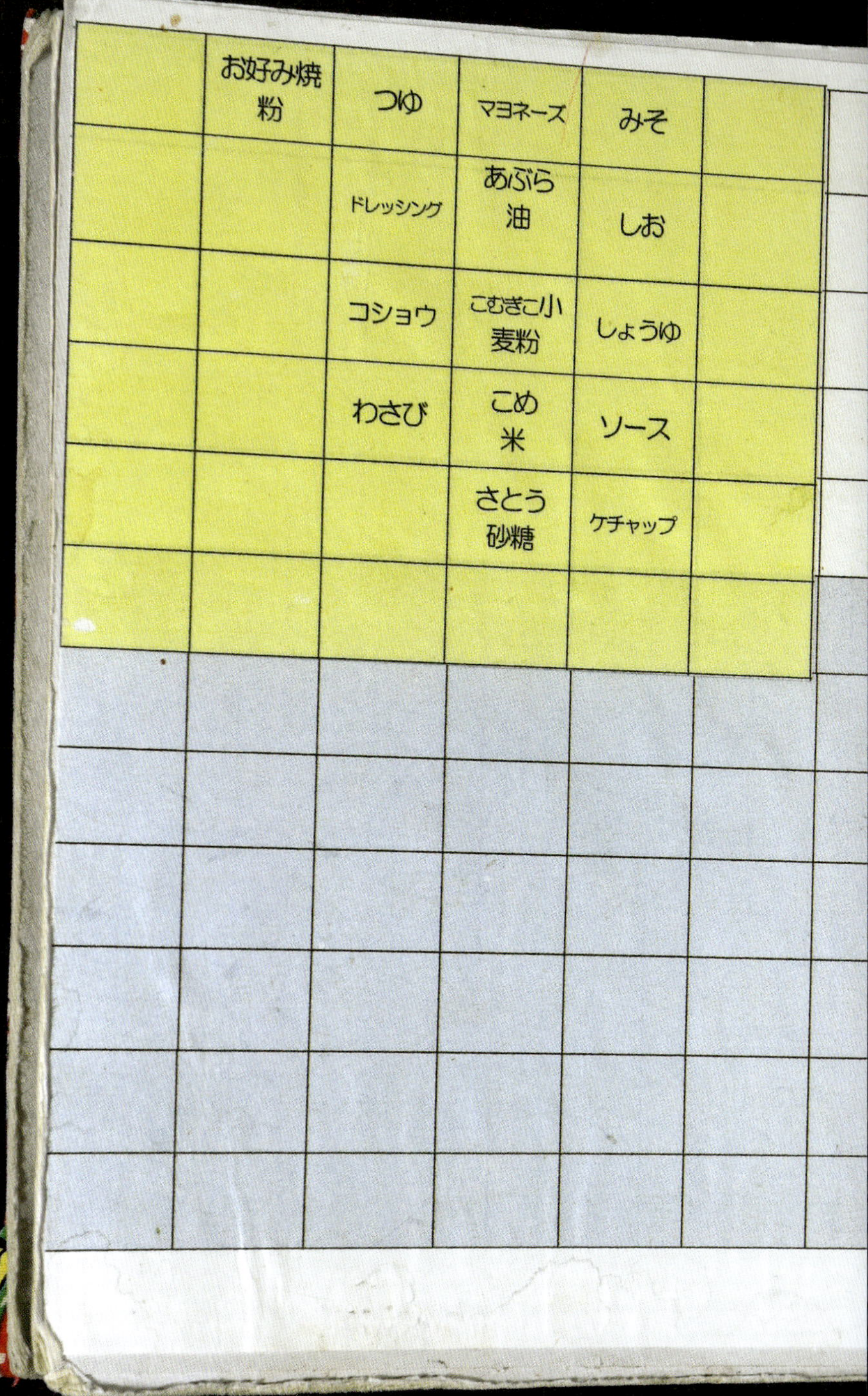
お好み焼粉
つゆ
マヨネーズ
みそ
ドレッシング
あぶら油
しお
コショウ
こむぎこ小麦粉
しょうゆ
わさび
こめ米
ソース
さとう砂糖
ケチャップ

大好きなぎょうざ。でも食べきれない時は、
(さ)「ラップ」「冷蔵庫」(母)「明日」「楽しみ」

6

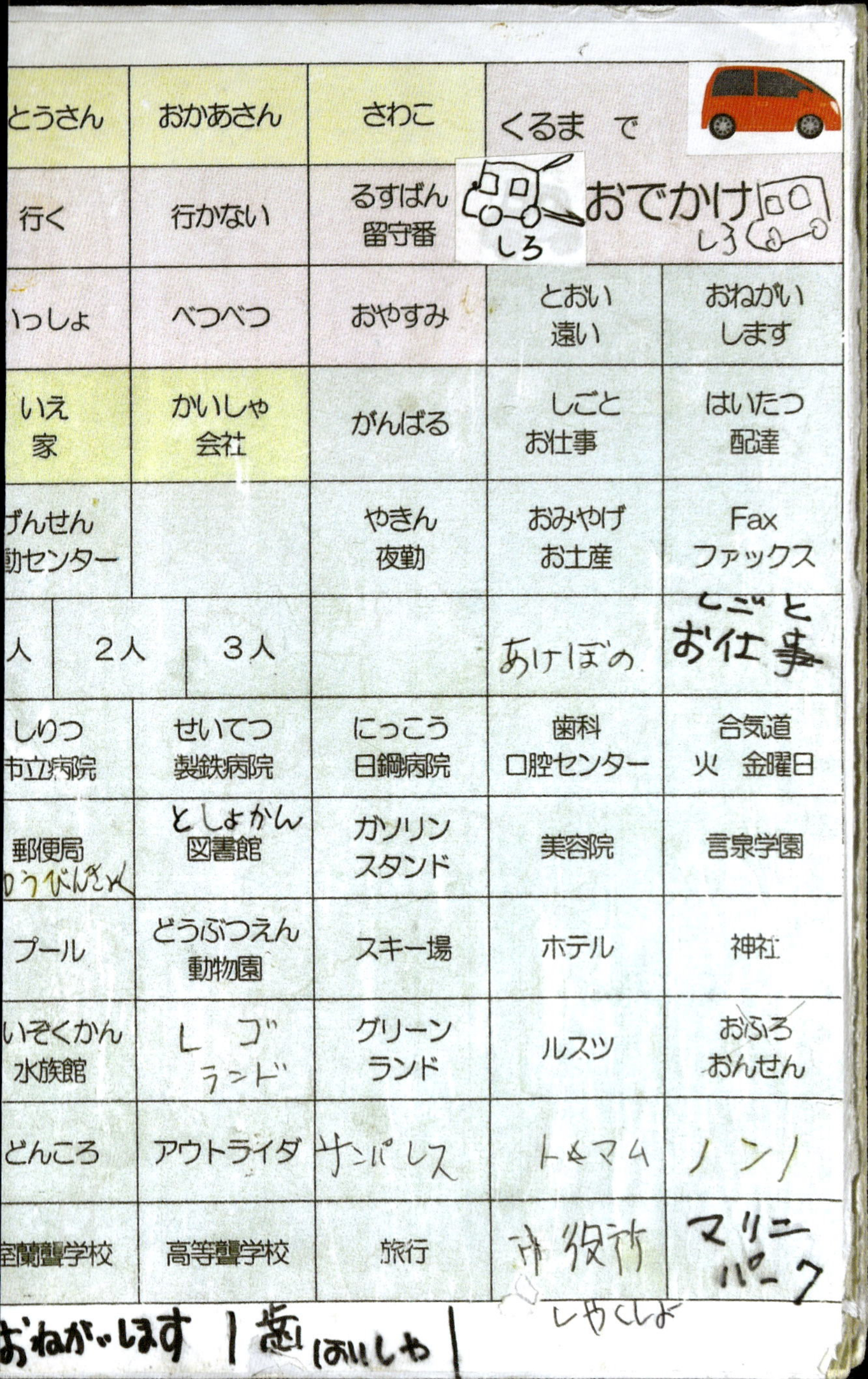

とうさん	おかあさん	さわこ	くるま で	
行く	行かない	るすばん 留守番	しろ おでかけ しろ	
いっしょ	べつべつ	おやすみ	とおい 遠い	おねがい します
いえ 家	かいしゃ 会社	がんばる	しごと お仕事	はいたつ 配達
げんせん 動センター		やきん 夜勤	おみやげ お土産	Fax ファックス
人 2人	3人		あけぼの	しごと お仕事
しりつ 市立病院	せいてつ 製鉄病院	にっこう 日鋼病院	歯科 口腔センター	合気道 火 金曜日
郵便局 うびんきょく	としょかん 図書館	ガソリン スタンド	美容院	言泉学園
プール	どうぶつえん 動物園	スキー場	ホテル	神社
いぞくかん 水族館	レゴ ランド	グリーン ランド	ルスツ	おふろ おんせん
どんころ	アウトライダ	サンパレス	トマム	ノンノ
室蘭聾学校	高等聾学校	旅行	市役所	マリン パーク

おねがいします | 歯 はいしゃ | しやくしょ

さ（壁のカレンダーの土曜日を指してから）「ダイソー」「ツタヤ」「イオン」。でも当日は雨。
さ「おとうさん」「さわこ」「留守番」。「おかあさん」「コープ」

Ⓜ母「今日は何食べるの？」（メモ書きを見せて）
Ⓢさ「お好み焼き」！

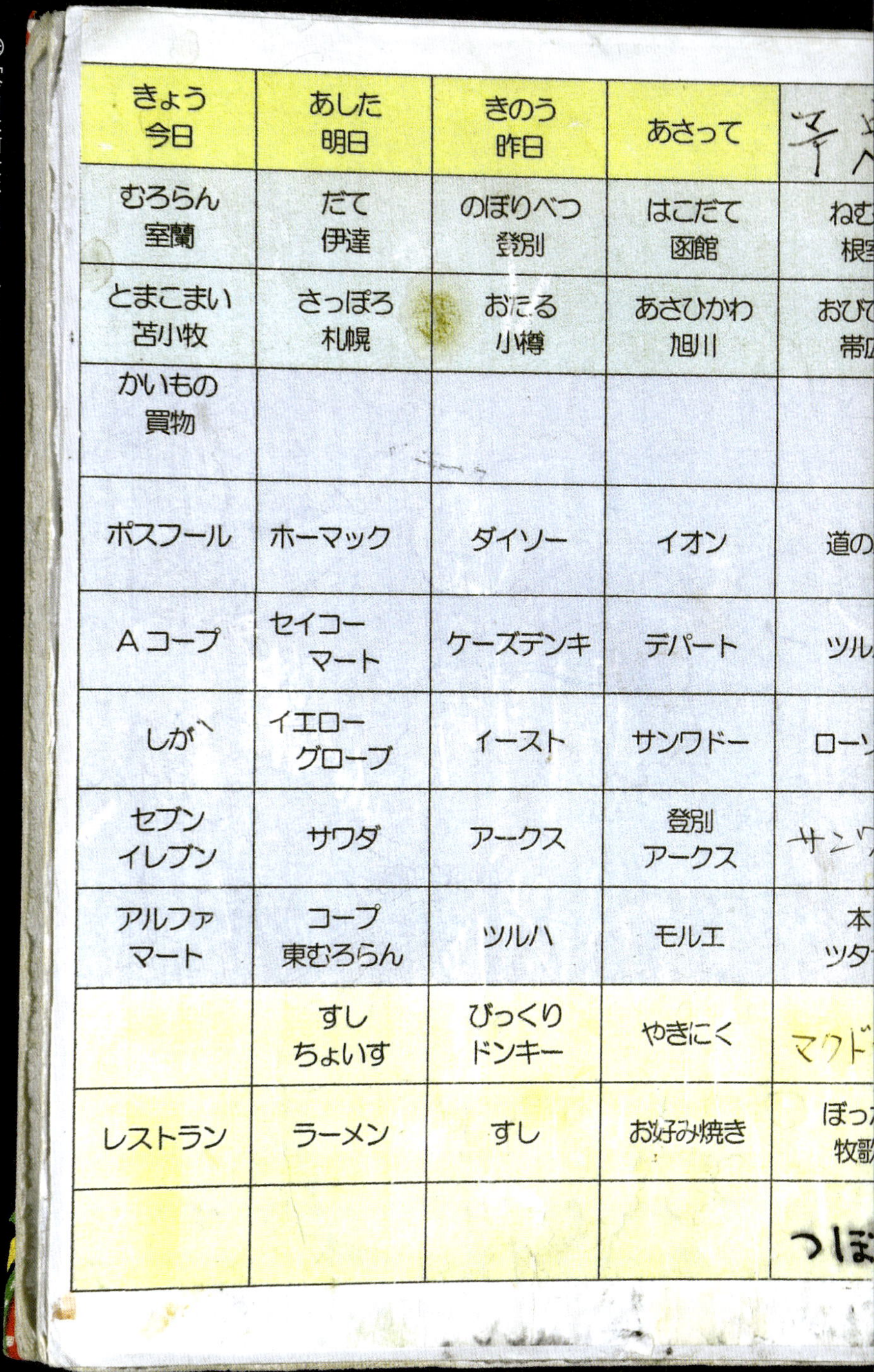

きょう 今日	あした 明日	きのう 昨日	あさって	[illegible]
むろらん 室蘭	だて 伊達	のぼりべつ 登別	はこだて 函館	ねむ 根室
とまこまい 苫小牧	さっぽろ 札幌	おたる 小樽	あさひかわ 旭川	おびて 帯広
かいもの 買物				
ポスフール	ホーマック	ダイソー	イオン	道の
Aコープ	セイコーマート	ケーズデンキ	デパート	ツル
しが	イエローグローブ	イースト	サンワドー	ロー
セブンイレブン	サワダ	アークス	登別アークス	サンワ
アルファマート	コープ東むろらん	ツルハ	モルエ	本 ツタ
	すしちょいす	びっくりドンキー	やきにく	マクド
レストラン	ラーメン	すし	お好み焼き	ぼっ 牧歌
				つぼ

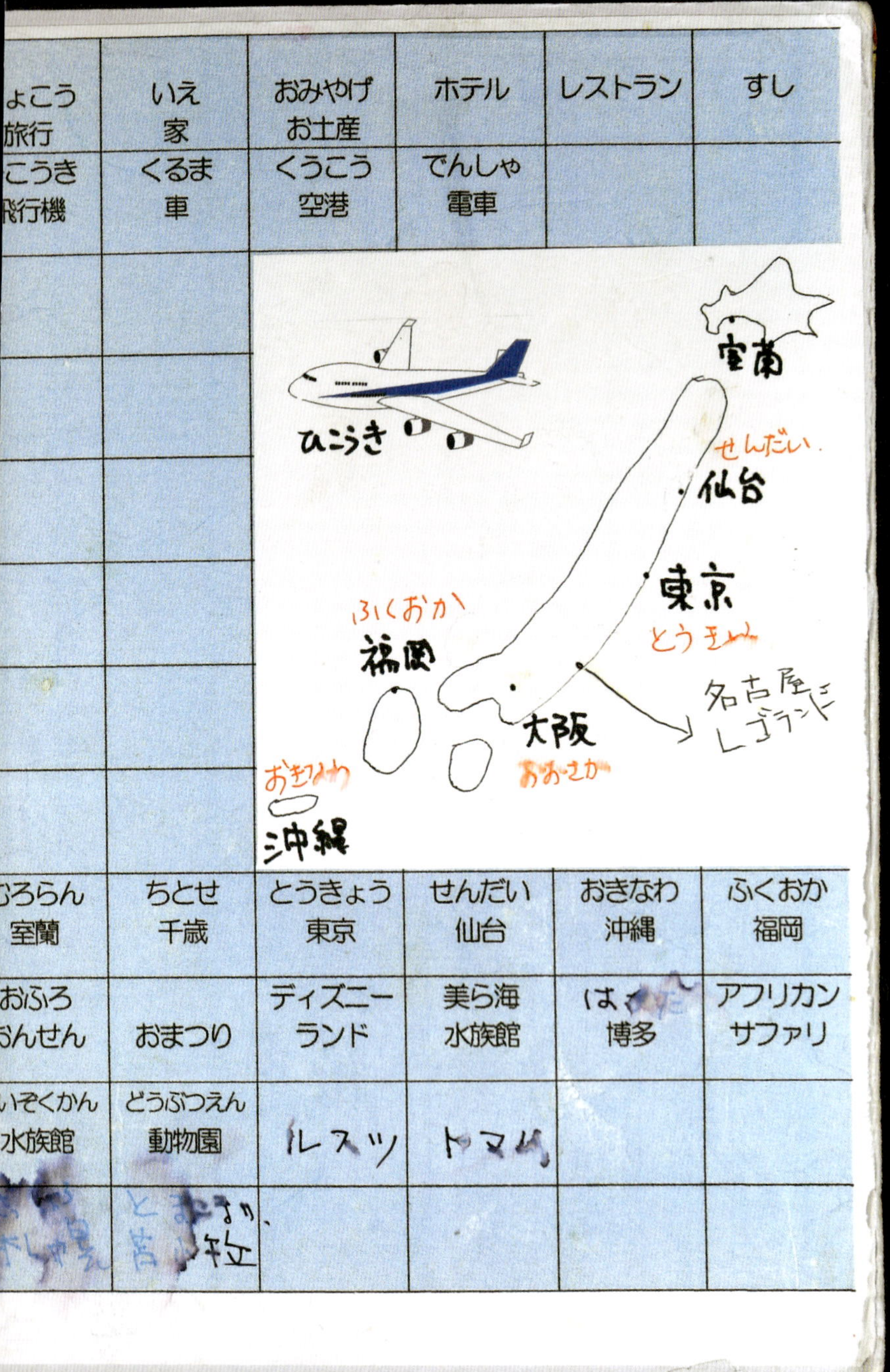
ょこう
旅行
いえ
家
おみやげ
お土産
ホテル
レストラン
すし
こうき
飛行機
くるま
車
くうこう
空港
でんしゃ
電車
ひこうき
せんだい
仙台
東京
とうきょう
ふくおか
福岡
名古屋に
レゴランド
大阪
おおさか
おきなわ
沖縄
ろらん
室蘭
ちとせ
千歳
とうきょう
東京
せんだい
仙台
おきなわ
沖縄
ふくおか
福岡
おふろ
おんせん
おまつり
ディズニー
ランド
美ら海
水族館
博多
アフリカン
サファリ
いぞくかん
水族館
どうぶつえん
動物園
ルスツ
トマム

普段あまり出てこない遠くの土地の名も、旅行した時に書いておいて、テレビに映った時などのお話に。

沖縄の水族館がテレビに映ると、魚の図鑑、沖縄の写真、そして「さかな」のページを開いて「ジンベイザメ」！

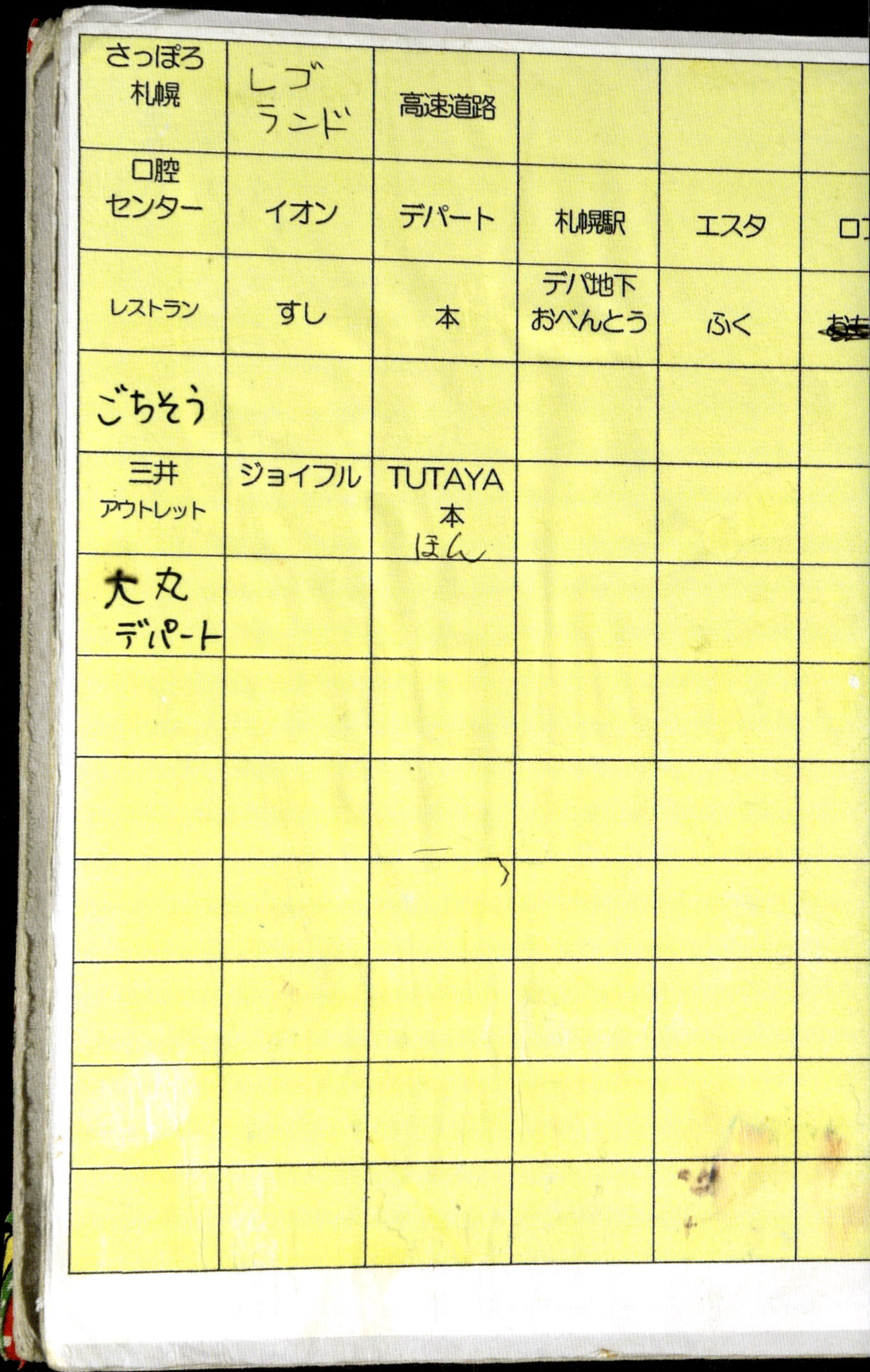

さっぽろ 札幌	レゴ ランド	高速道路			
口腔 センター	イオン	デパート	札幌駅	エスタ	ロ
レストラン	すし	本	デパ地下 おべんとう	ふく	
ごちそう					
三井 アウトレット	ジョイフル	TUTAYA 本 ほん			
大丸 デパート					

おとんが仕事から帰ってから、よそ行きに着替えていると、
㋚「つぼ○」（へ、行くの？）とずるそうな顔。

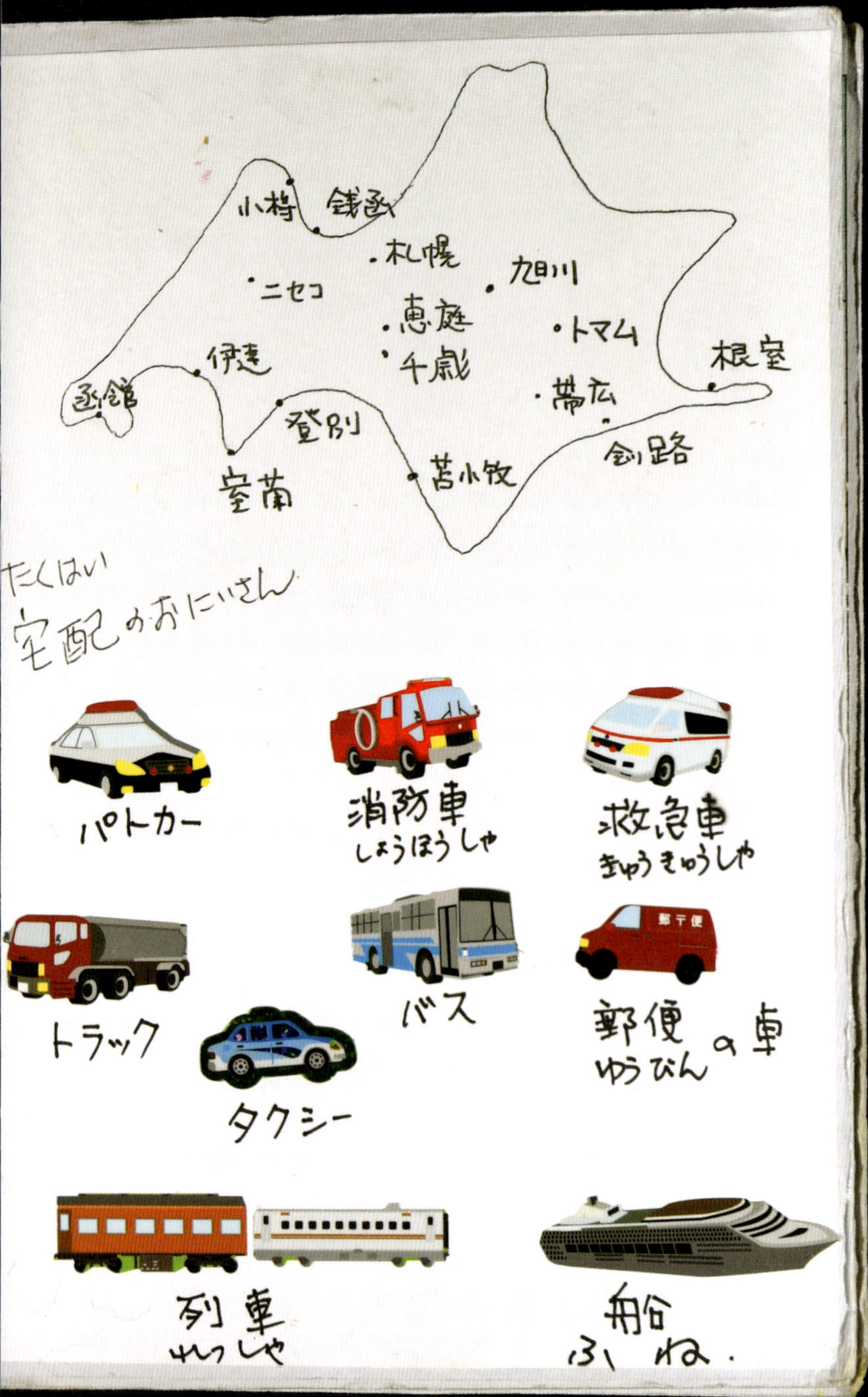

小樽
銭函
札幌
ニセコ
旭川
恵庭
トマム
千歳
根室
伊達
函館
帯広
登別
釧路
室蘭
苫小牧
宅配《たくはい》のおにいさん
パトカー
消防車
しょうぼうしゃ
救急車
きゅうきゅうしゃ
トラック
バス
郵便の車
ゆうびん
タクシー
列車
れっしゃ
船
ふね

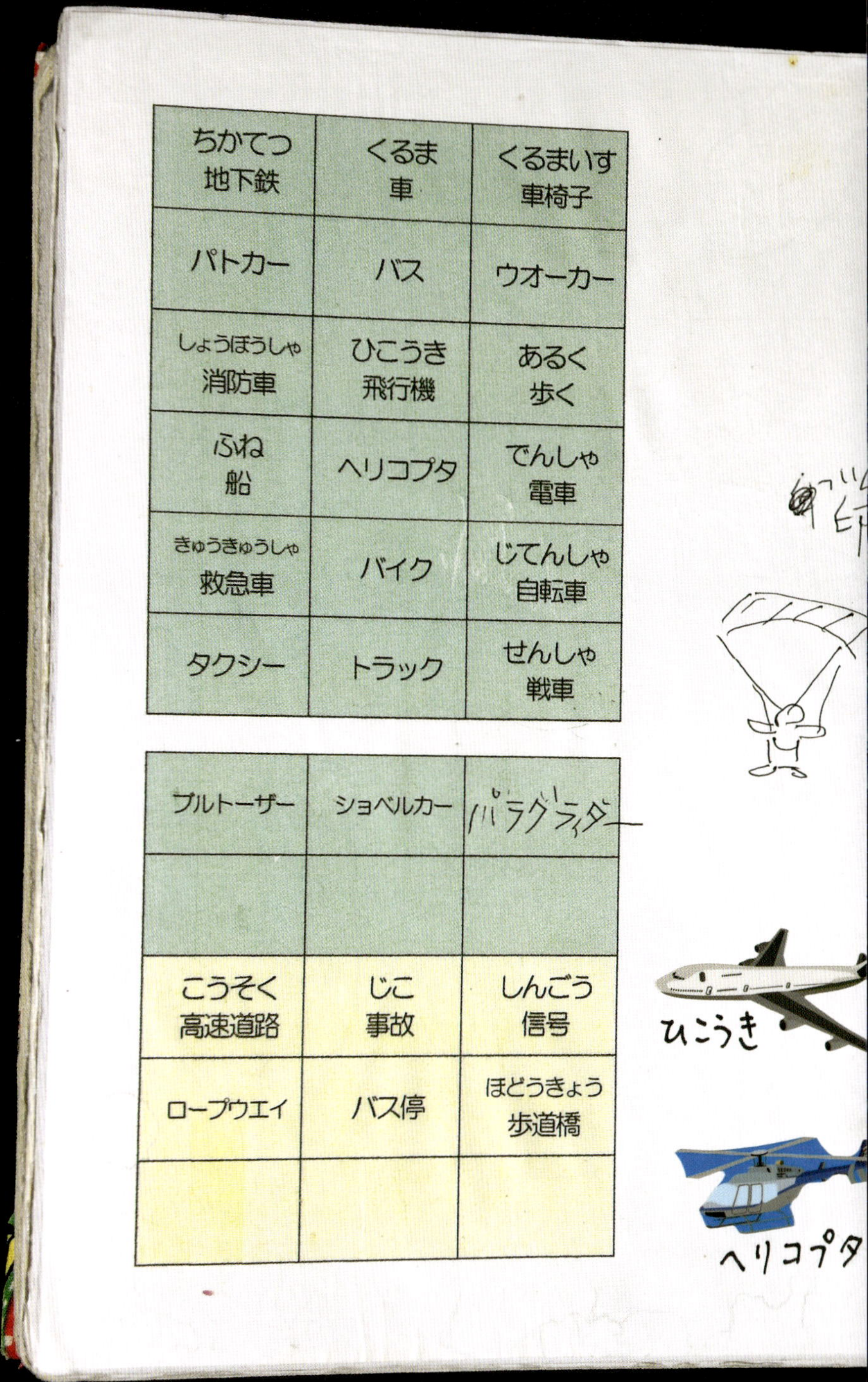

ちかてつ 地下鉄	くるま 車	くるまいす 車椅子
パトカー	バス	ウオーカー
しょうぼうしゃ 消防車	ひこうき 飛行機	あるく 歩く
ふね 船	ヘリコプタ	でんしゃ 電車
きゅうきゅうしゃ 救急車	バイク	じてんしゃ 自転車
タクシー	トラック	せんしゃ 戦車

ブルトーザー	ショベルカー	パラグライダー
こうそく 高速道路	じこ 事故	しんごう 信号
ロープウエイ	バス停	ほどうきょう 歩道橋

㋚「タクシー」?ともう一度ずるそうな顔。
おとんが「お土産」を指すと、さわこ「すし」!

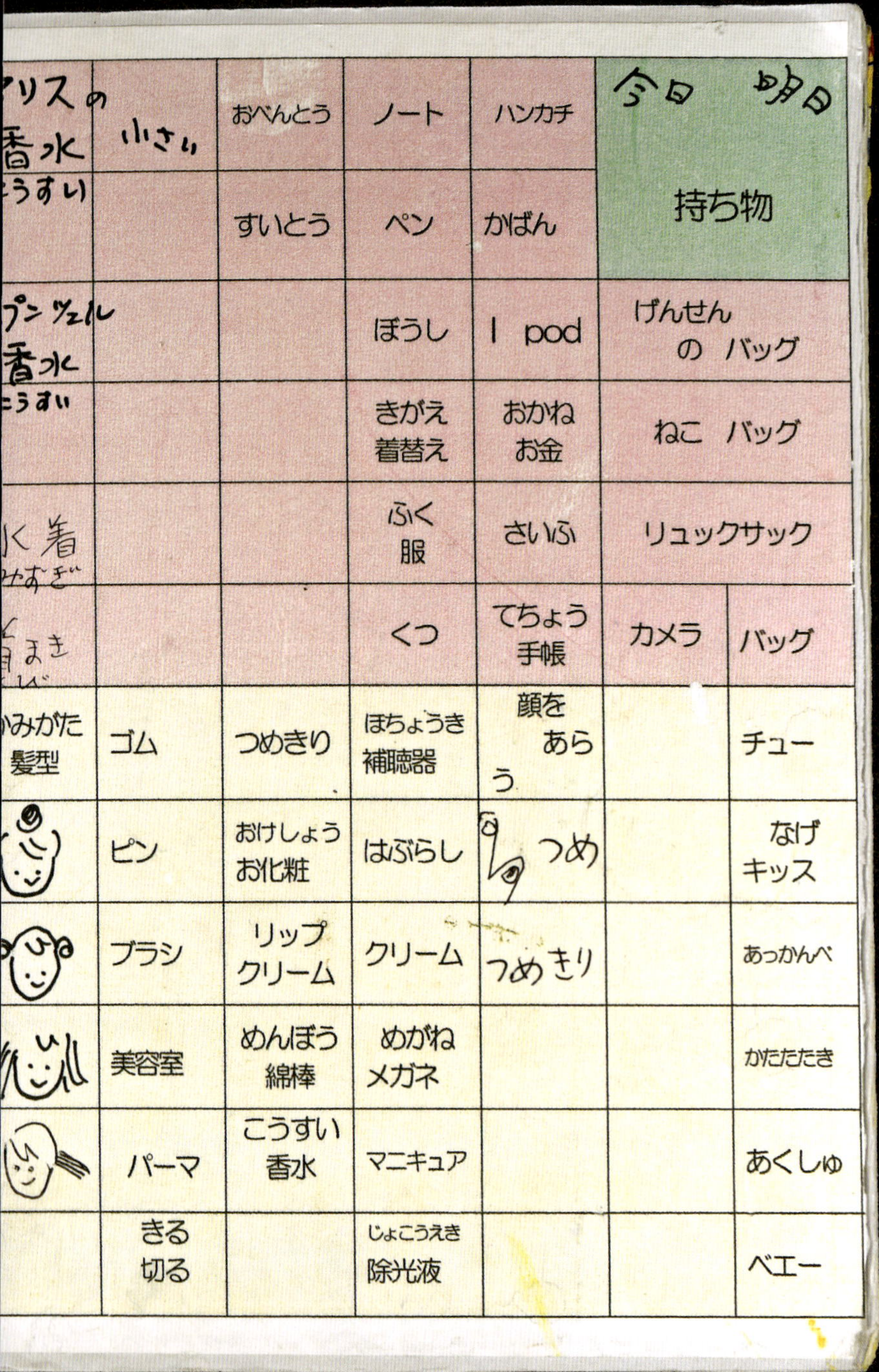

通所施設から帰ってきて着替え中、「ピンク」「ピンク」。お出かけ用のワンピースのこと？
母「今日」「いえ」（だから）「ワンピース」「ちがう」

あー、泣かれちゃいました。少し調子が悪かったさわこは「ピンク」「パジャマ」と言いたかったのでした。

発信力、受信力、まだまだ弱い弱い。反省。

今日は病院で検診。
ⓢ（先生に）「びょうき」「点滴」

					びょういん 病院	
がわ 先生	しょうに 小児科	せいけい 整形科	まえだ 前田先生	リハビリ 科		
しま 先生	しょうじ 東海林先生	いしかわ 石川先生	たにぐち 谷口先生	むらい 村井先生	せんせい 先生	さわこ 佐和子
ら さん	むらい 村井先生		やまだ 山田先生	ふじもと 藤本先生	かんごし さん	おとうさん
	こいずみ 小泉先生		すずきももこ 鈴木先生	わたなべ 渡辺先生	おにいさん	おかあさん
					おねえさん	
			ウオーカー	赤い くつ	けが 怪我	びょうき
つ 病院	しんさつけん 診察券	げんき 元気	にゅういん 入院	くすり 薬		病気
てつ 病院	ばいてん 売店	マスク	しゅじゅつ 手術	たいおんけい 体温計	ばんそうこう	かぜ
こう 病院	レントゲン		てんてき 点滴	ち 血	しっぷ	げんき 元気
療育 ンター	薬局		おみまい お見舞い	ほうたい 包帯	ちゅうしゃ 注射	元気が ない
すみ	東海林 先生 おくさん				はなみず	いたい 痛い

母（えー!）「元気」でしょう!
さ「きゃー!」。笑いながら声をあげて診察室のドアに突進!

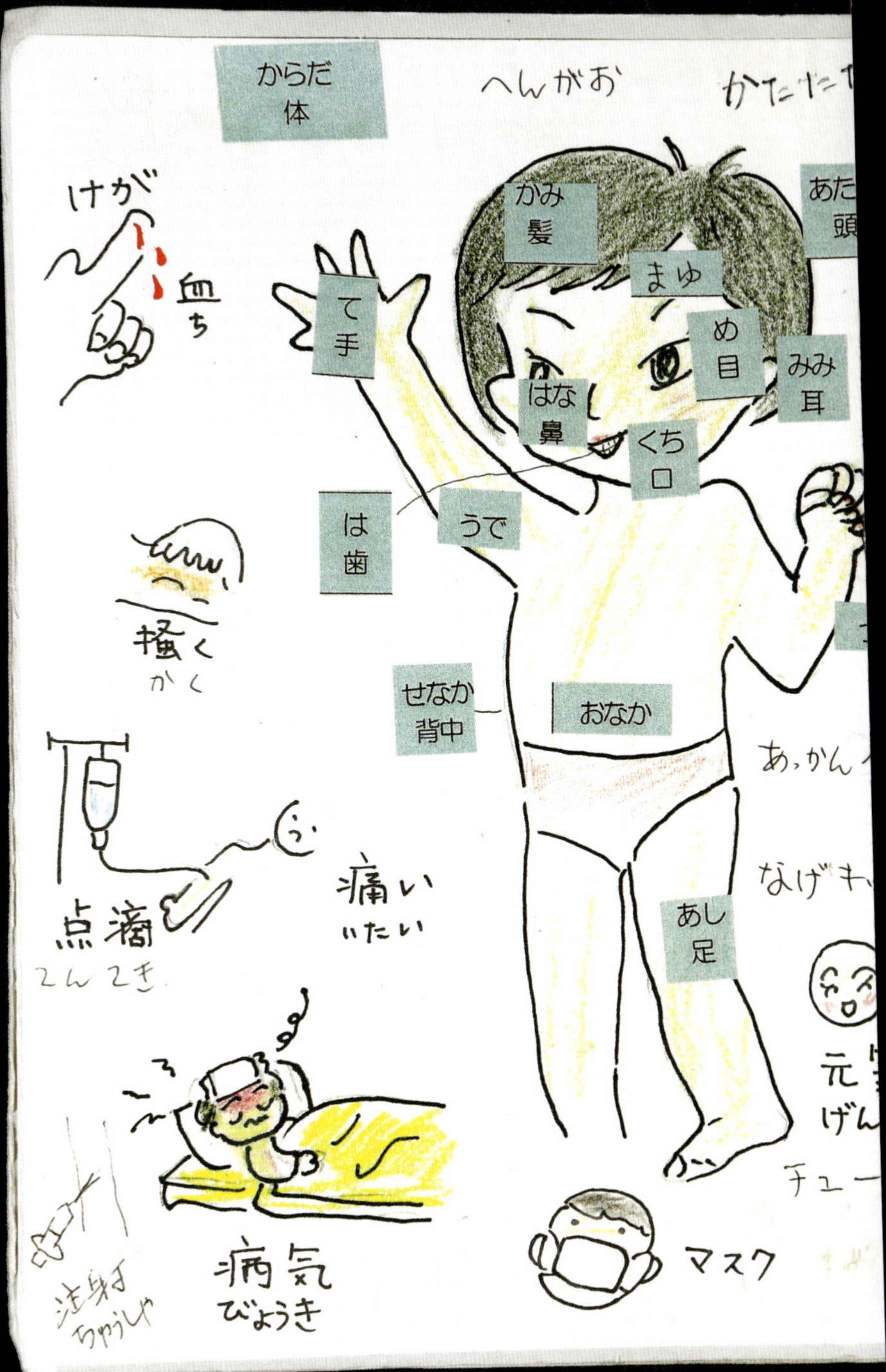

からだ
体
へんがお
けが
血
ち
かみ
髪
まゆ
め
目
みみ
耳
て
手
はな
鼻
くち
口
は
歯
うで
掻く
かく
せなか
背中
おなか
あっかん
なげキッ
あし
足
点滴
てんてき
痛い
いたい
元気
げんき
チュー
マスク
病気
びょうき
注射
ちゅうしゃ

ある昼のこと。さわこが突然「ふとん」「ねる」。
あら、熱がある！「暑い」「寒い」も分かると助かります。

くろ いす
あける
窓 開ける
せんぷうき
扇風機
せんたくもの
ペンキ
ぬり
りんごの木
水やり
湯 たん
ゆ
木
き
はな
花
たね
草かり

さわこの誕生日のころ。
窓から見えるりんごの木がたくさん花を咲かせ、ご近所さんが声をかけてくれます。

18

べ 部先生	おがわ 小川先生	ほそやわたる 細谷渉	ふじしまやすこ 藤島泰子	ひと 人	
まつ 松先生	ふるた 古田先生	つぼうちかずき 坪内	なかいかずき 仲井一貴		
んま 真先生	そとやま 外山先生	つたかたくま 津高拓	ほりえようすけ 堀江庸介	くどうゆうすけ 工藤佑介	あんどうちづる 安藤千鶴
こうち 内先生	まき 牧先生	こんまさき 今　将樹	こもりりょうじ 小森良治	やまぐちまさと 山口雅人	たかつはるな 高津春奈
			さとうなおと 佐藤直人	なかむらたかし 中村鷹史	よしざわゆき 吉澤有希
良室の ばあさん	お客さん おきゃくさん	こども 子供	おにいさん お兄さん	なまえ 名前	かぞく 家族
カツ	小学生	おとな 大人	おねえさん お姉さん	こんさわこ 今佐和子	わたし 私
美津	中学生	あかちゃん 赤ちゃん	おじいさん	こんゆうじ 今　祐治	さわこ 佐和子
わ　ひろこ 志和弘子	高校生	おとこ 男の人	おばあさん	こんみゆき 今　美幸	おとうさん
わ　ゆうか 志和裕香	しわ　まみ 志和真実	おんな 女の人			おかあさん

「宅配のお兄さん」がお魚を持ってきてくれました。

(さ)「美津さん」「弘子さん」と伯母たちの名を指しながら、ダンボールの送り状をのぞき込みます。

今日は玄関においしい煮物が置かれていました。
ⓢ「室さんの奥さん」？

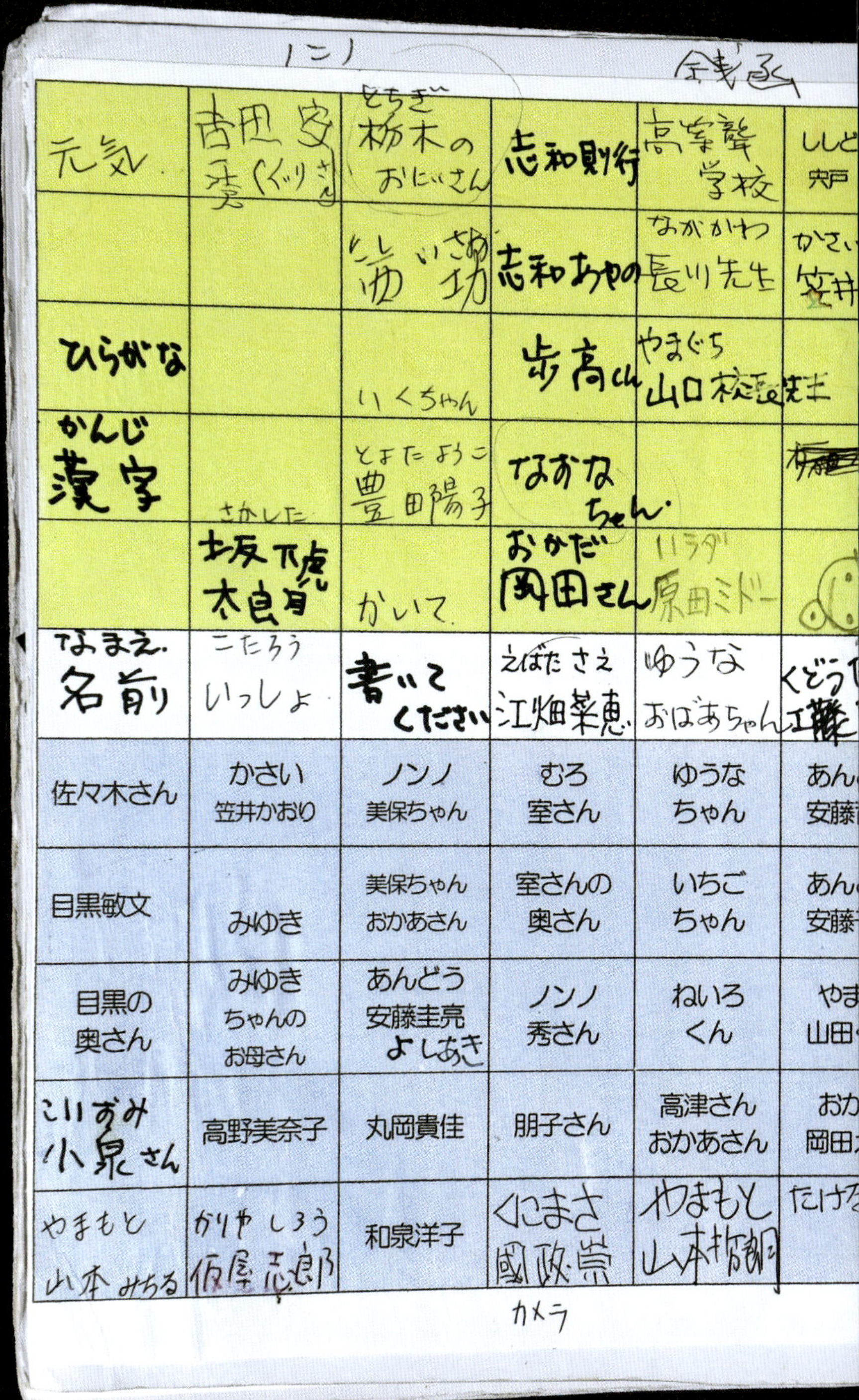

元気	吉田安秀（ぐりさん）	とちぎ 栃木のおにいさん	志和則行	高等聾学校	ししど 宍戸
		にし いさお 西 功	志和あやの	ながかわ 長り先生	かさい 笠井
ひらがな		いくちゃん	歩高くん	やまぐち 山口校長先生	
かんじ 漢字		とよたようこ 豊田陽子	なおなちゃん		
	さかした 坂下虎太良月	かいて	おかだ 岡田さん	ハラダ 原田ミドー	
なまえ 名前	こたろう いっしょ	書いてください	えばたさえ 江畑菜恵	ゆうな おばあちゃん	くどう 工藤
佐々木さん	かさい 笠井かおり	ノンノ 美保ちゃん	むろ 室さん	ゆうな ちゃん	あん 安藤
目黒敏文	みゆき	美保ちゃん おかあさん	室さんの 奥さん	いちご ちゃん	あん 安藤
目黒の 奥さん	みゆき ちゃんの お母さん	あんどう 安藤圭亮 よしあき	ノンノ 秀さん	ねいろ くん	やま 山田
こいずみ 小泉さん	高野美奈子	丸岡貴佳	朋子さん	高津さん おかあさん	おか 岡田
やまもと 山本みちる	かりや しろう 仮屋志郎	和泉洋子	くにまさ 國政崇	やまもと 山本裕朗	たけな

カメラ

さって	今年《ことし》	来年《らいねん》		カレンダー	予定《よてい》
7	8	9	10		
17	18	19	20		
27	28	29	30	31	
土曜日《ようび》	お休み《おやすみ》	祝日《しゅくじつ》		月《がつ》	日《にち》
あられ	雷《かみなり》	霧《きり》	吹雪《ふぶき》	地震《じしん》	停電《ていでん》
は	な	た	さ	か	あ
ひ	に	ち	し	き	い
ふ	ぬ	つ	す	く	う
へ	ね	て	せ	け	え
ほ	の	と	そ	こ	お

雪が楽しみなさわこ…「明日」「雪」？
「明日」「晴れ」 ⓢ「ちがう」「ちがう」！

「地震」や「停電」の日は困ることがたくさんあります。テレビや新聞を見せて、そんな日のことも話しておきます。

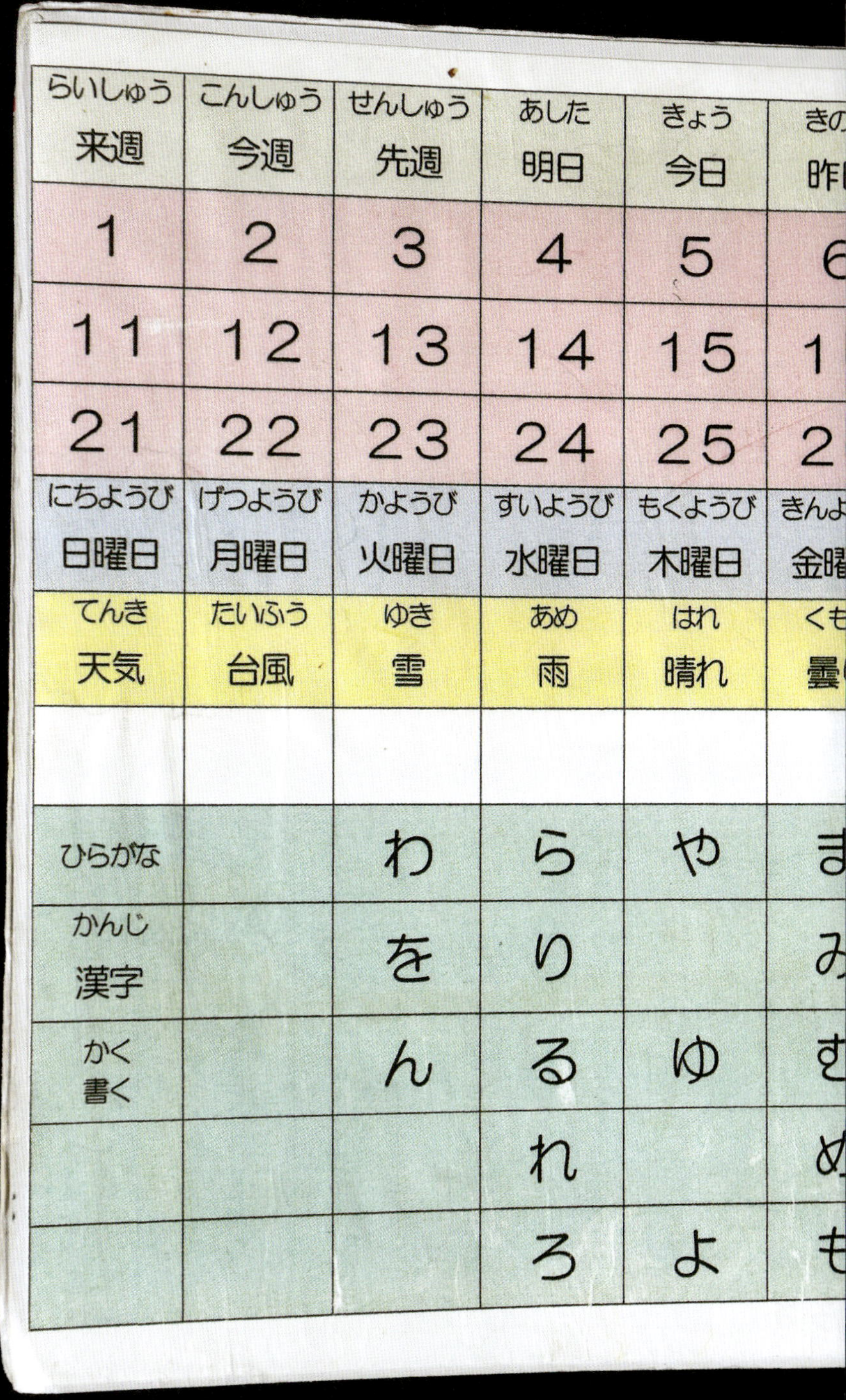

来週《らいしゅう》	今週《こんしゅう》	先週《せんしゅう》	明日《あした》	今日《きょう》	昨《きの》
1	2	3	4	5	6
11	12	13	14	15	1
21	22	23	24	25	2
日曜日《にちようび》	月曜日《げつようび》	火曜日《かようび》	水曜日《すいようび》	木曜日《もくようび》	金曜《きんよ》
天気《てんき》	台風《たいふう》	雪《ゆき》	雨《あめ》	晴れ《はれ》	曇《くも》
ひらがな		わ	ら	や	ま
漢字《かんじ》		を	り		み
書く《かく》		ん	る	ゆ	む
			れ		め
			ろ	よ	も

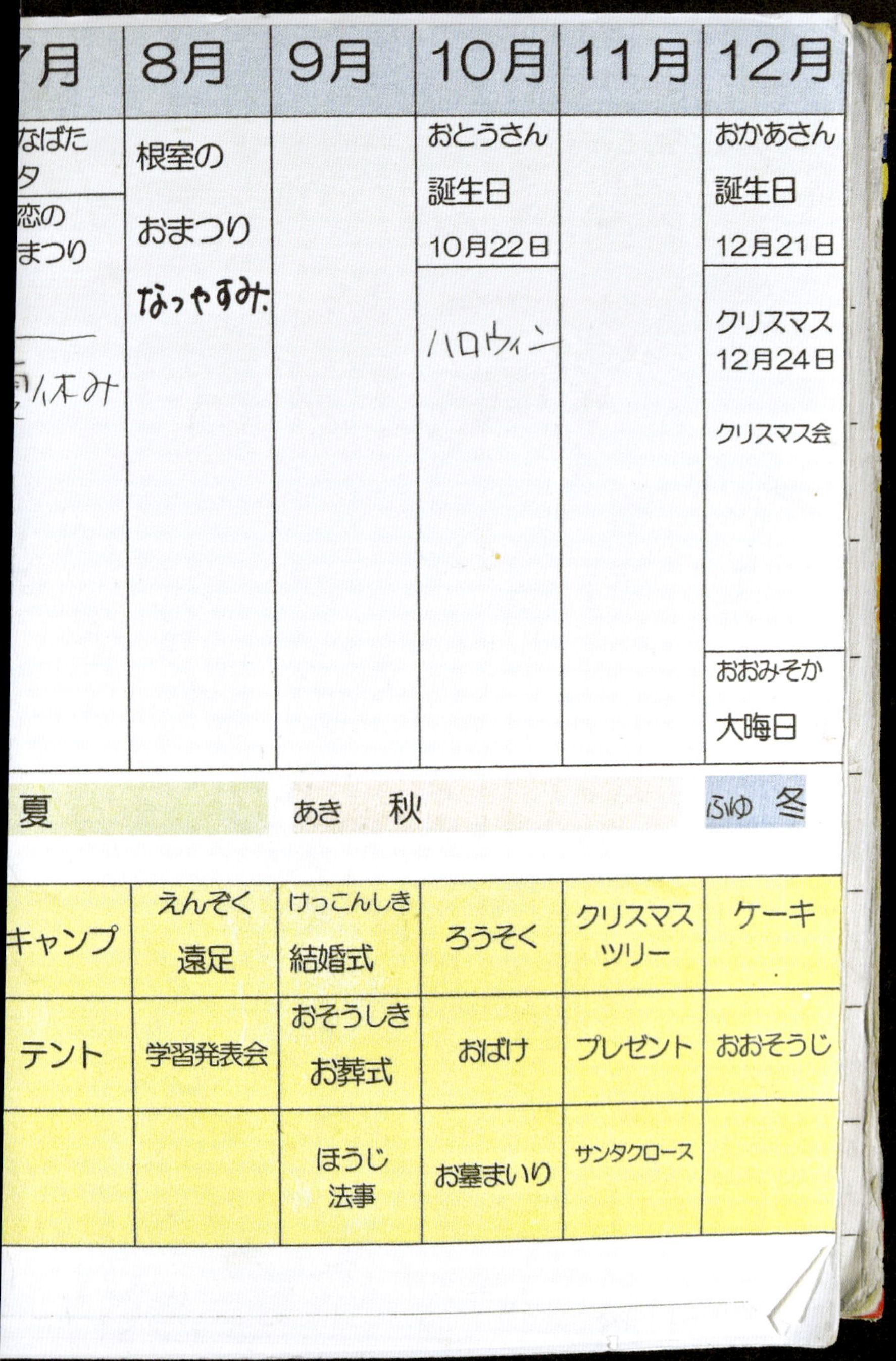

7月	8月	9月	10月	11月	12月
なばた タ	根室の おまつり なつやすみ		おとうさん 誕生日 10月22日		おかあさん 誕生日 12月21日
恋の まつり 夏休み			ハロウィン		クリスマス 12月24日 クリスマス会
					おおみそか 大晦日
夏		あき 秋			ふゆ 冬
キャンプ	えんそく 遠足	けっこんしき 結婚式	ろうそく	クリスマス ツリー	ケーキ
テント	学習発表会	おそうしき お葬式	おばけ	プレゼント	おおそうじ
		ほうじ 法事	お墓まいり	サンタクロース	

通所施設で㋚（スタッフさんに）「おかん誕生日」。さわこを迎えに行くと、「おめでとう！」と盛大に祝ってもらいました！

さわこは自分の誕生日も大いにアピールします。
なので、その日に花束が届いたこともありました。

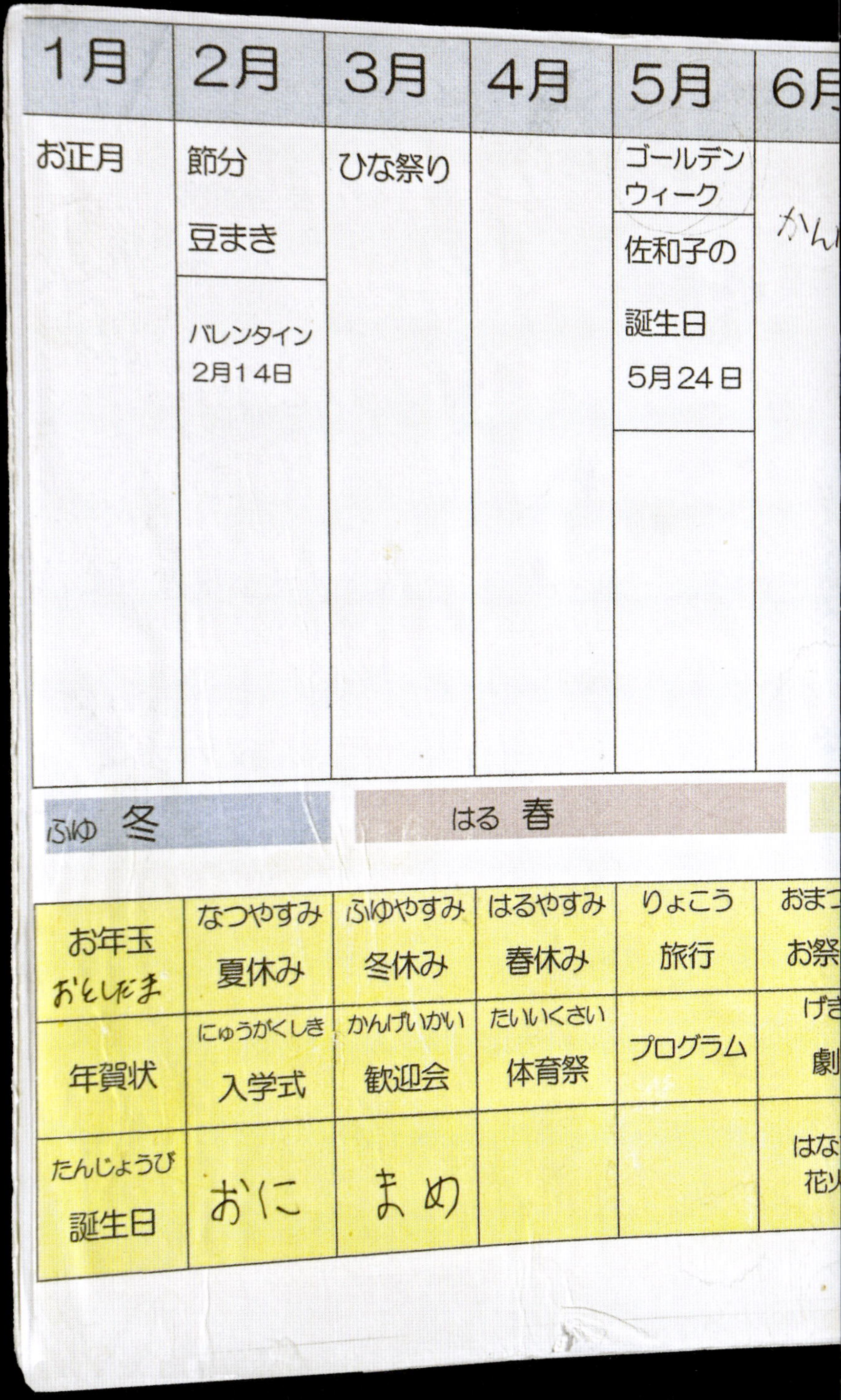
1月
2月
3月
4月
5月
6月
お正月
節分
豆まき
バレンタイン
2月14日
ひな祭り
ゴールデンウィーク
佐和子の
誕生日
5月24日
かん
ふゆ 冬
はる 春
お年玉
おとしだま
なつやすみ
夏休み
ふゆやすみ
冬休み
はるやすみ
春休み
りょこう
旅行
おまつ
お祭
年賀状
にゅうがくしき
入学式
かんげいかい
歓迎会
たいいくさい
体育祭
プログラム
げき
劇
たんじょうび
誕生日
おに
まめ
はな
花火

あさがお
たね
バラ
ボーリング
夕《ゆう》やけ
夜よる
月つき
夜
星ほし
空
太陽
たいよう
雲
くも
虹
にじ
山
やま
はたけ
畑
木
き
湖
みずうみ
川
かわ
海 うみ

そり好きのさわこ。雪が降り始めると、(さ)「スキーウエア」 (母)「まだ」。(さ)「てぶくろ」 (母)「まだ」 (さ)「マフラー」 (母)「まだ」

そりのシーズンが終わると、すぐにプールの準備が始まります。「水着」「うきわ」と並べるのも楽しみです。

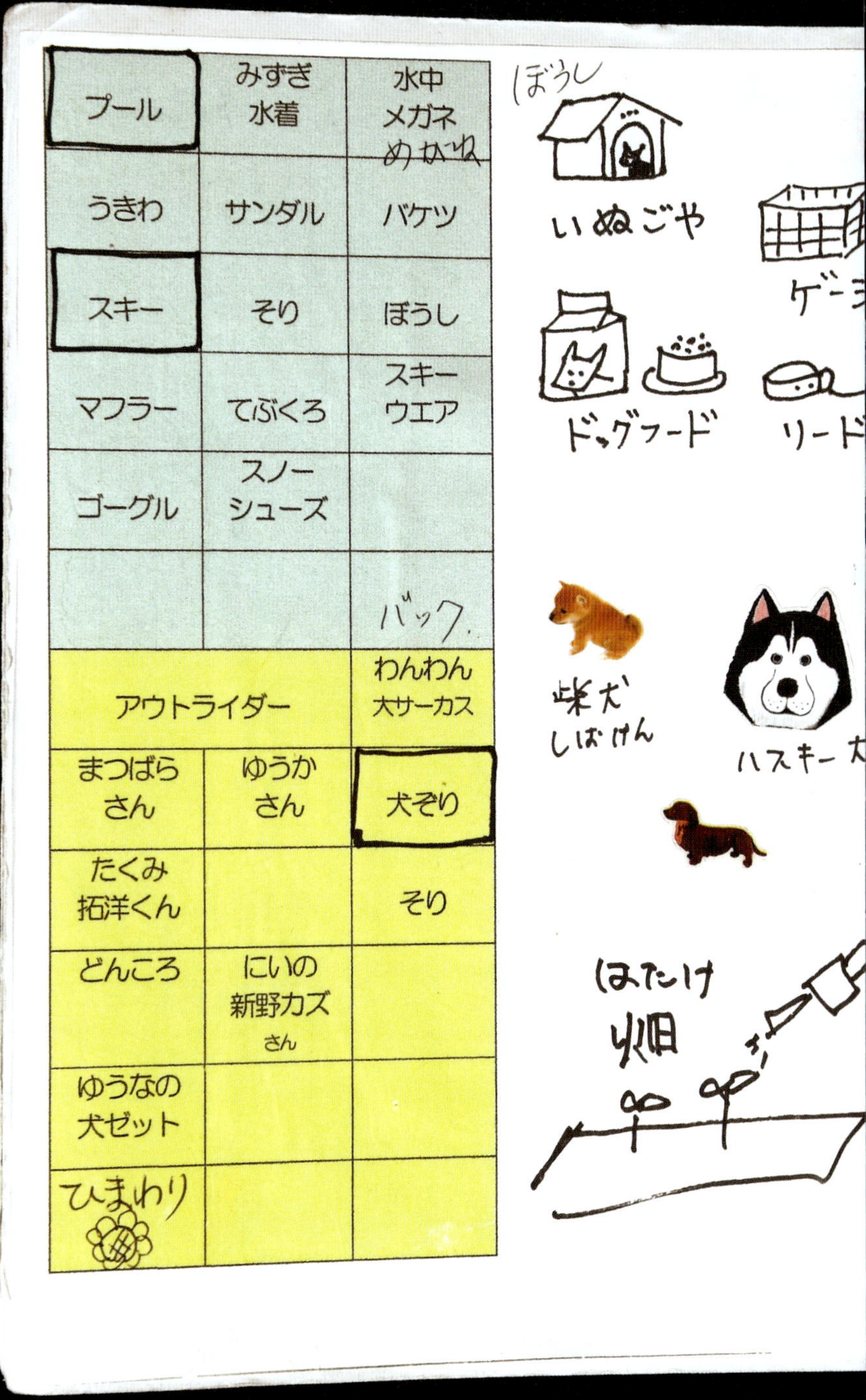

プール
みずぎ 水着
水中 メガネ
めがね
うきわ
サンダル
バケツ
スキー
そり
ぼうし
マフラー
てぶくろ
スキー ウエア
ゴーグル
スノー シューズ
バック
アウトライダー
わんわん 犬サーカス
まつばら さん
ゆうか さん
犬ぞり
たくみ 拓洋くん
そり
どんころ
にいの 新野カズ さん
ゆうなの 犬ゼット
ひまわり
ぼうし
いぬごや
ケージ
ドッグフード
リード
柴犬 しばけん
ハスキー犬
はたけ 畑

ドリル	ハムスター	たぬき タヌキ	さる サル	どうぶつ	動物
	パンダ	チンパンジ	サイ	かば	いのしし
オン	ひつじ	とら トラ	しまうま シマウマ	カンガルー	いぬ  犬
ダ	ヒョウ	トナカイ	しか	きつね キツネ	うさぎ 
	ぶた ブタ	ナマケモノ	しろくま	きりん キリン	うし
サー ンダ	へび ヘビ	 ねこ	ジャガー	くま クマ	 うま
	ミーア キャット		ぞう ゾウ	コアラ	エミュー
				ゴリラ	おおかみ オオカミ
おち		ばった		ラクダ	オラウータン
きょうりゅう 恐竜	むし 虫	どうぶつ シール	しっぽ	水族館	動物園
てんとうむし	かぶと むし	ちょうちょ		毛虫《けむし》	かたつむり

ⓢ（通所施設の男性スタッフさんを）「たぬき」
「これも忘年会？」と思ったら、ただ似ているかららしい。

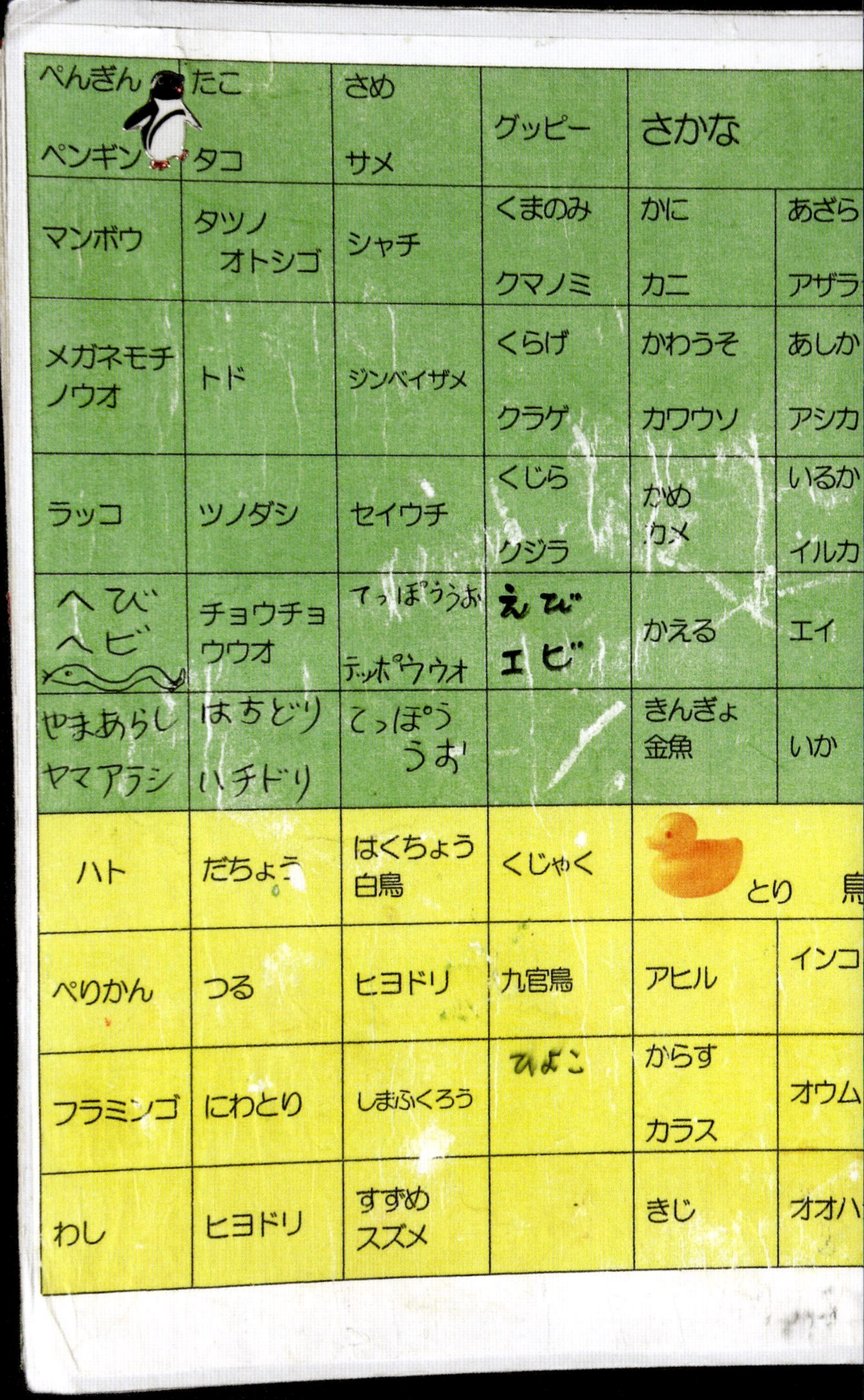

ぺんぎん ペンギン
たこ タコ
さめ サメ
グッピー
さかな
マンボウ
タツノオトシゴ
シャチ
くまのみ クマノミ
かに カニ
あざら アザラ
メガネモチノウオ
トド
ジンベイザメ
くらげ クラゲ
かわうそ カワウソ
あしか アシカ
ラッコ
ツノダシ
セイウチ
くじら クジラ
かめ カメ
いるか イルカ
へび ヘビ
チョウチョウウオ
てっぽううお テッポウウオ
えび エビ
かえる
エイ
やまあらし ヤマアラシ
はちどり ハチドリ
てっぽううお
きんぎょ 金魚
いか
ハト
だちょう
はくちょう 白鳥
くじゃく
とり 鳥
ぺりかん
つる
ヒヨドリ
九官鳥
アヒル
インコ
フラミンゴ
にわとり
しまふくろう
ひよこ
からす カラス
オウム
わし
ヒヨドリ
すずめ スズメ
きじ
オオハ

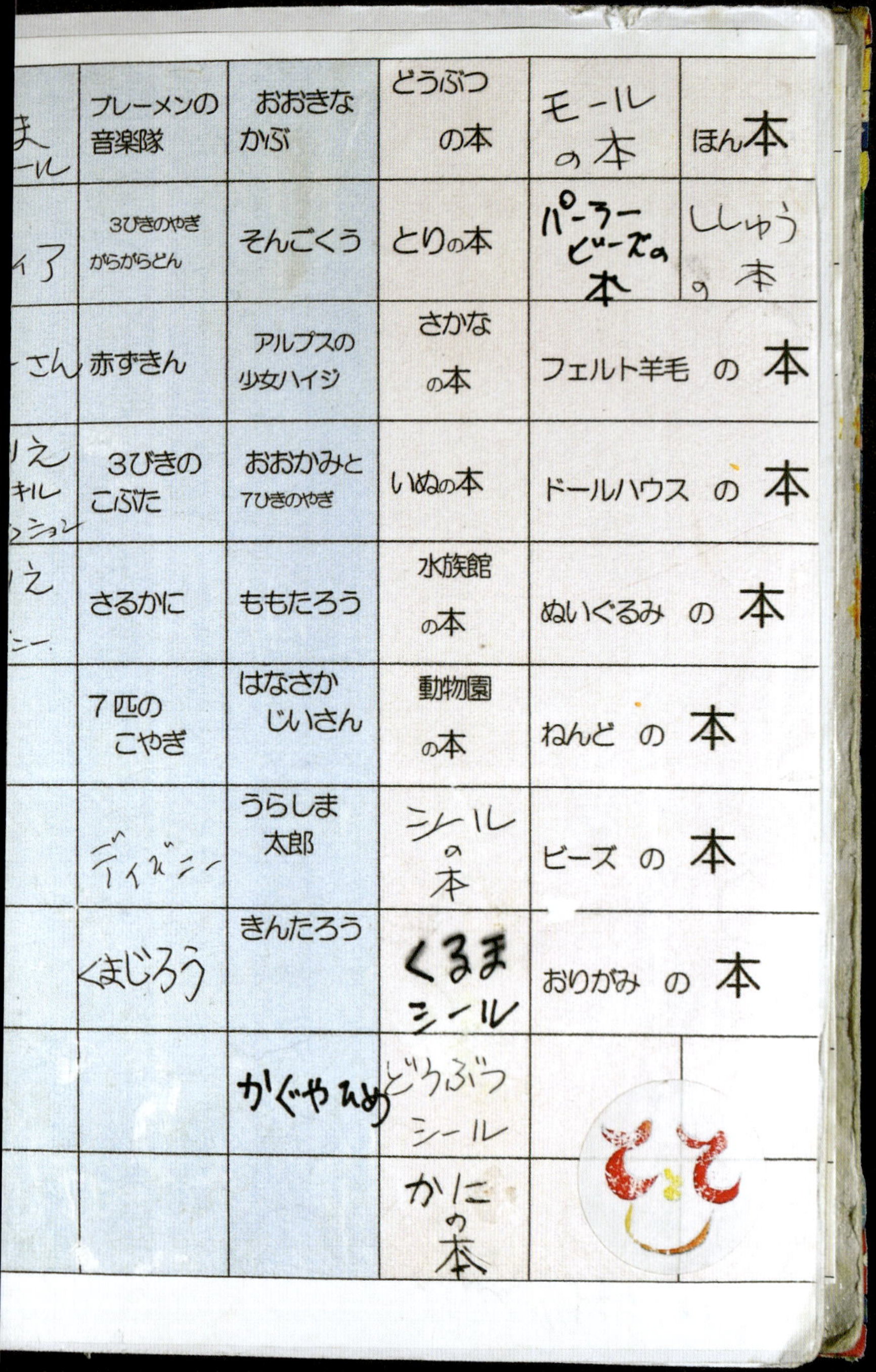

まーール	ブレーメンの音楽隊	おおきなかぶ	どうぶつの本	モールの本	ほん本
ィ了	3びきのやぎ がらがらどん	そんごくう	とりの本	パーラービーズの本	ししゅうの本
ーさん	赤ずきん	アルプスの少女ハイジ	さかなの本	フェルト羊毛 の 本	
りえ キル ッション	3びきのこぶた	おおかみと7ひきのやぎ	いぬの本	ドールハウス の 本	
りえ ニー	さるかに	ももたろう	水族館の本	ぬいぐるみ の 本	
	7匹のこやぎ	はなさかじいさん	動物園の本	ねんど の 本	
	ディズニー	うらしま太郎	シールの本	ビーズ の 本	
	くまじろう	きんたろう	くるまシール	おりがみ の 本	
		かぐやひめ	どうぶつシール		
			かにの本		

本も大好き。買い物へ行く車の中で ㋚「買物」「〇〇の本」。私はメモに書きます。

本屋さんでその紙を店員さんに渡すと、店員さんが案内してくれました。願いが通じたことがうれしくて「キャー」。

アラジン	トイストーリー	ピノキオ	プーさん	オズのまほうつかい	おひめ
白雪姫《しらゆきひめ》	ミッキー	ピーターパン	ティガー	ドロシー	まじょ
シンデレラ	ミニー	マイケル ジョン	イーヨー ピグレット	かかし	サンタクロ
ジャスミン	プルート	ウェンディ	ラビット オウル	ライオン	おばけ
ベル	グーフィー	フック船長	ニモ	ブリキ	ブライ
オーロラ姫	チップデール	ティンカーベル	トムとジェリー	ワンピース	りかちゃ
アリエル	ダンボ	トイストーリー	ちゃおちゃおTV	プリキュア	キティちゃ
アリス	バンビ	ドナルドダック	アンパンマン	バイキンマン	[illegible]
ラプンツエル	わんわん物語	ダッチェス	ガイコツマン	魔女	[illegible]
アナと雪の女王	ライオンキング	トゥルーズ	スティッチ	ペリー	
ティアナ	ソフィア				

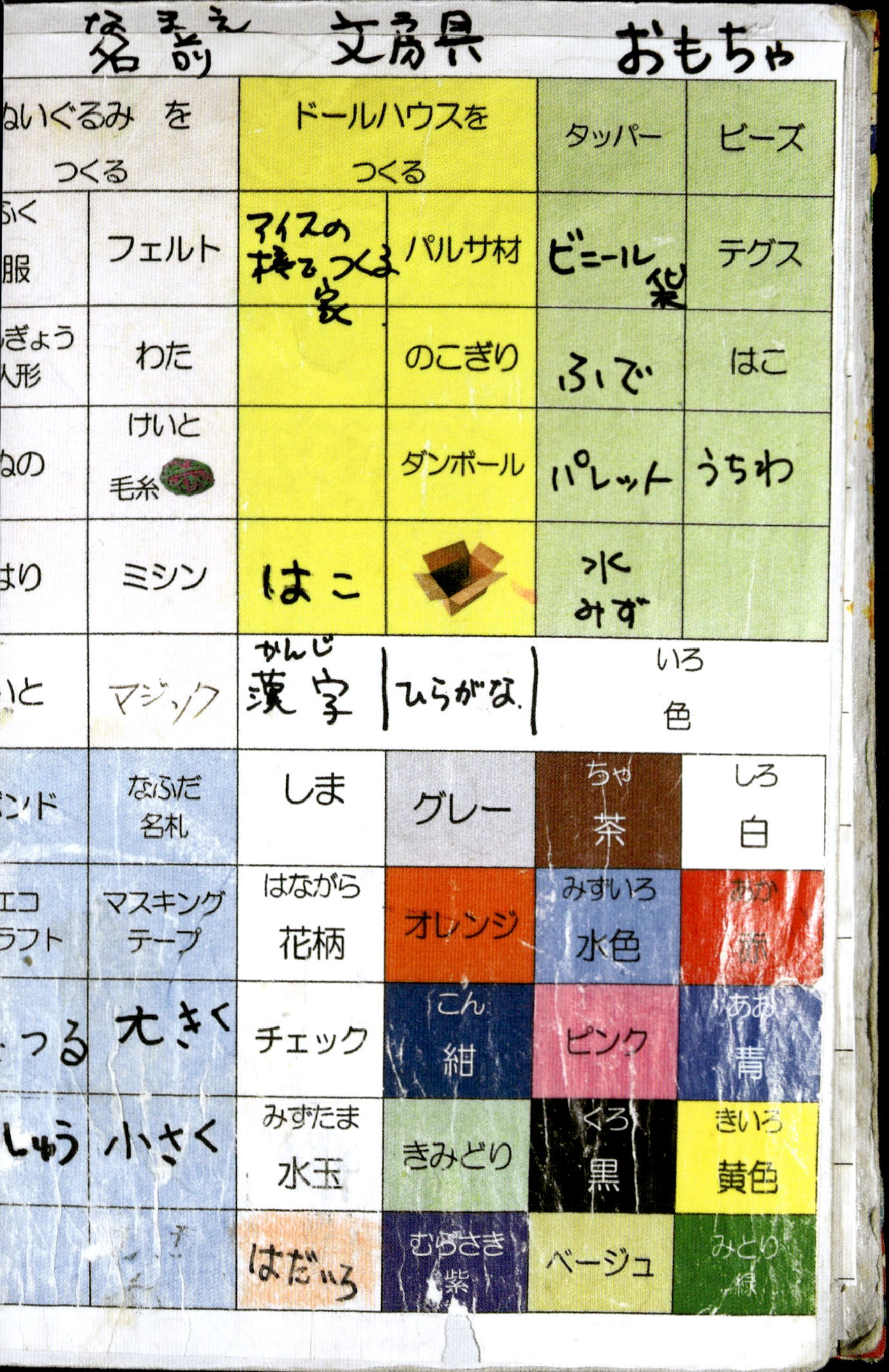

名前《なまえ》		文房具		おもちゃ	
ぬいぐるみ を つくる		ドールハウスを つくる		タッパー	ビーズ
ふく 服	フェルト	アイスの棒でつくる家	パルサ材	ビニール袋	テグス
ぎょう 人形	わた		のこぎり	ふで	はこ
ぬの	毛糸《けいと》		ダンボール	パレット	うちわ
はり	ミシン	はこ		水《みず》	
いと	マジック	漢字《かんじ》	ひらがな.	色《いろ》	
ンド	名札《なふだ》	しま	グレー	茶《ちゃ》	白《しろ》
エコ クラフト	マスキング テープ	花柄《はながら》	オレンジ	水色《みずいろ》	赤《あか》
つる	大きく	チェック	紺《こん》	ピンク	青《あお》
しゅう	小さく	水玉《みずたま》	きみどり	黒《くろ》	黄色《きいろ》
		はだいろ	紫《むらさき》	ベージュ	緑《みどり》

さわこのお気に入りのお皿を、私が割ってしまいました。泣かれるかなと思い、
㊎「ごめんなさい」 ㋚「セロテープ」

郵便はがき

料金受取人払郵便

札幌中央局
承認

8373

差出有効期間
2020年12月
31日まで
（切手不要）

0608751

801

（受取人）
札幌市中央区大通西3丁目6
北海道新聞社 出版センター
愛読者係
行

お名前	フリガナ		性別 男・女
ご住所	〒□□□-□□□□ 都道府県		
電話番号	市外局番（ ） —	年齢	職業
Eメールアドレス			
読書傾向	①山 ②歴史・文化 ③社会・教養 ④政治・経済 ⑤科学 ⑥芸術 ⑦建築 ⑧紀行 ⑨スポーツ ⑩料理 ⑪健康 ⑫アウトドア ⑬その他（ ）		

★ご記入いただいた個人情報は、愛読者管理にのみ利用いたします。

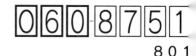

読者カード　　さわこのじてん

本書をお買い上げくださいましてありがとうございました。内容、ザインなどについてのご感想、ご意見をお聞かせください。

本書ならびに当社刊行物へのご意見やご希望など〉

■ご感想などを新聞やホームページなどに匿名で掲載させていただいてもよろしいですか。（はい　いいえ）

■この本のおすすめレベルに丸をつけてください。

高（ 5・4・3・2・1 ）低

お買い上げの書店名〉

都道府県　　　市区町村　　　書店

■ご注文について

海道新聞社の本はお近くの書店、道新販売所でお求めください。
外の方で書店にない場合は最寄りの書店でご注文いただくか、お急ぎの
合は代金引換サービスでお送りいたします【1回につき代引き手数料230円
00円)。商品代金1,500円（2,500円）未満の場合は、さらに送料300円（500
）が加算されます=2019年6月15日より（ ）内の料金となります=】。お名前、
住所、電話番号、書名、注文冊数を出版センター（営業）までお知らせください。
北海道新聞社出版センター（営業）】電話011−210−5744　FAX011−232−1630
電子メール pubeigyo@hokkaido-np.co.jp
インターネットホームページ https://shopping.hokkaido-np.co.jp/book/
録をご希望の方はお電話・電子メールでご連絡ください。

二人でテープをはったそのお皿を部屋に飾りました。
「セロテープ」という言葉を使えてよかったと思います。

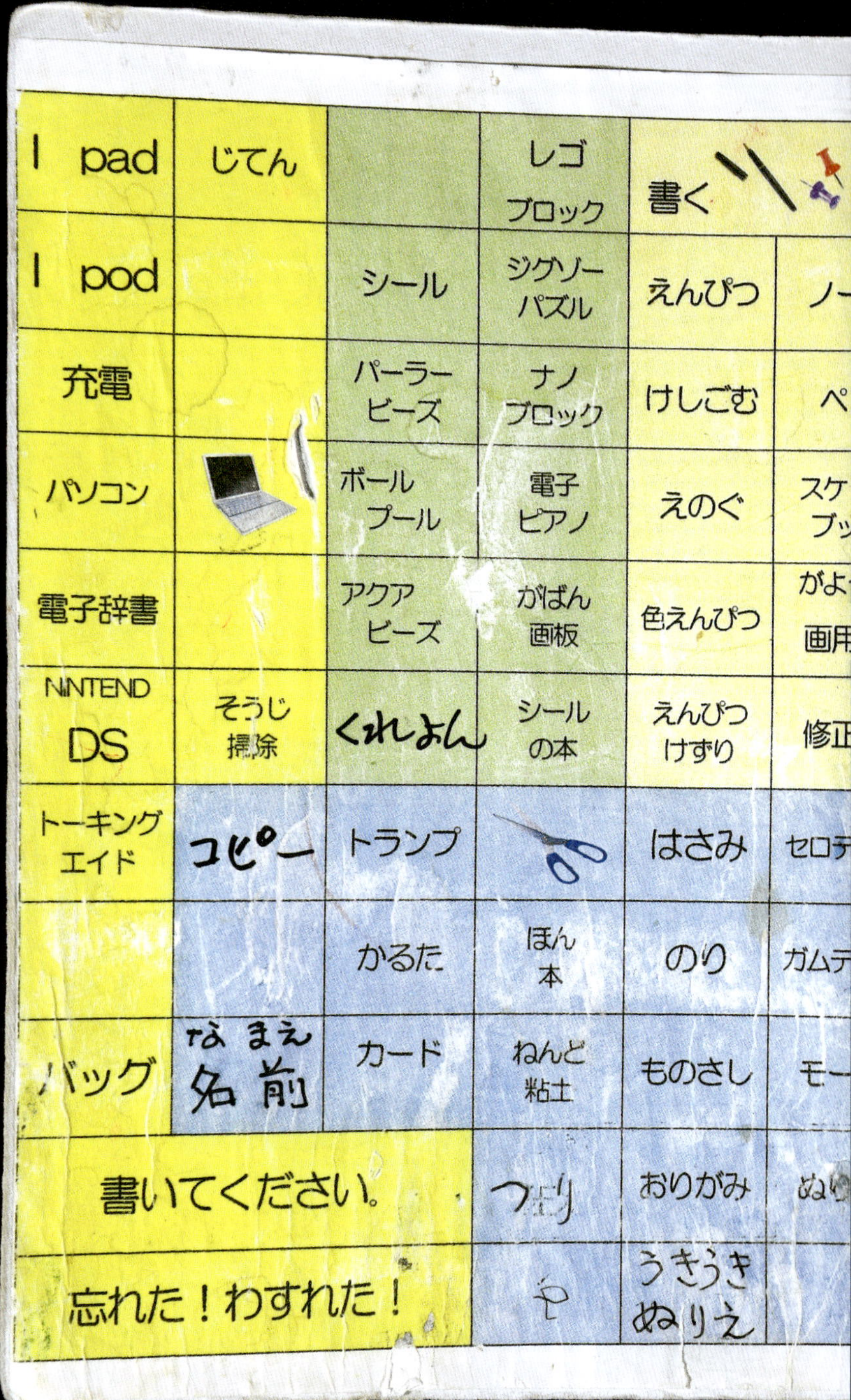
I pad
じてん
レゴ
ブロック
書く
I pod
シール
ジグソー
パズル
えんぴつ
充電
パーラー
ビーズ
ナノ
ブロック
けしごむ
パソコン
ボール
プール
電子
ピアノ
えのぐ
電子辞書
アクア
ビーズ
がばん
画板
色えんぴつ
NINTEND
DS
そうじ
掃除
くれよん
シール
の本
えんぴつ
けずり
トーキング
エイド
コピー
トランプ
はさみ
かるた
ほん
本
のり
バッグ
なまえ
名前
カード
ねんど
粘土
ものさし
書いてください。
おりがみ
忘れた！わすれた！
うきうき
ぬりえ

え	ボーリング	体温　血圧 測定	パン工房	あけぼの
゛み る	シャボン玉	お昼 ごはん	畑《はたけ》	ピノキオ 幼稚園
ノ	ソフト クリーム	さんぽ	バス	おふろ
	さかなつり	避難訓練《ひなんくんれん》		おふろ 入る
	ガオガオ 犬			おふろ 入らない
	ちょうちん			くつ
				バッグ
				リュック サック
				コート 着る
				コート 着ない

新しく行きはじめた通所施設。友達にそれぞれの名前を書いてもらったページもあります。

今日		歓迎会《かんげいかい》	七夕《たなばた》	
明日		さくらんぼ狩		
昨日		道の駅あぶた		
すき		ハロウィン		
きらい		水族館《すいぞくかん》		
		スキー		
		そり.		

生きたことばを育てる

北海道立心身障害者総合相談所　北川可恵（言語聴覚士）

私がＳＴ（当時は言語療法士、現在は言語聴覚士）になって3年目に入る頃、肢体不自由療育施設の母子入院でさわちゃんとお母さんに出会った。当時、さわちゃんはまだ3歳だった。

私は、難聴のあるさわちゃんの聴こえと補聴器をみる担当だった。さわちゃんの難聴は最重度であり、可能な限り補聴器の音を大きく調整しても、検査の数値上はわずかに残っていた右耳の低音域の音が少し上がることはあっても、生活場面では補聴器の効果がなかった。

さわちゃんは高等聾学校卒業まで補聴器を使い続けた。そのプロセスには大きな意味があったと思うが、その後、聾学校卒業後に通所施設へ行き、周囲の人たちが補聴器をしていないことに気づいて自分から外し、今は使っていない。

私が入職した当時、母子を最優先し、優れた人格と力量で貢献する先輩ＰＴ（理学療法士）がいた。重度の障害をもつ子どもの目、耳、肌に、光や声、音、触り方、触る場所、動かし方など、毎回組み合わせを変えて繊細に刺激を加え、確実に反応を引き出す。すると、筋緊張が高く、体が硬くなっていた子どもが、リラックスして穏やかな表情になる。この先輩からは、「母ちゃんたちに教えてもらえ、感じたら動け」と教え込まれた。さわちゃんはよく笑う子どもだった。お母さんも、穏やかではあるが、熱心で笑顔を絶やさない。

お母さんは、さわちゃんの発信しようとする意志、その表現や要求行動をひとつひとつ受け取り続けてきた。好きなことがある、子どもと喜びを共有する、楽しく生きる。それらの積み重ねによってコミュニケーションのベースを培ってきた。そして学校の先生方は、さわちゃんに丁寧に粘り強く、繰り返し文字を教え続けた。

ひとつひとつのことばは、丁寧な経験学習によって生きたことばになる。家庭療育×学校教育は素晴らしい。かけ算でパワーアップしたのだ。

コミュニケーションと移動はペアであることも、さわちゃんとお母さんから学んだ。さわちゃんは「じてん」とともに電動車いすを駆使して、話したい人と話すために移動する。コミュニケーションを支援する職務であるはずのSTが、教えられてばかりだった。私はさわちゃんとお母さんの気持ちに寄り添いたいと思い、ただ一緒に喜び、わずかにできる支援を行ってきた。

昨年、8年ぶりにさわちゃんに再会して驚いた。私の名前を覚えていて、「じてん」で名前を指差し、満面の笑顔で視線をしっかり合わせて私を歓迎してくれた。以前のように、照れて視線を合わさないことはなく、堂々と私の視線をとらえてくる。

座位保持いすを使ってはいるが、姿勢は以前より安定し、大好きなかにごはんをおいしそうにスプーンで食べている。私は感慨深く、ものすごくうれしかった。

脳性まひをはじめとする肢体不自由をもつ方は、子どもから大人になるまで日常生活での姿勢管理が重要で、それが呼吸や摂食嚥下《えんげ》に大きく影響する。さわちゃんの姿勢管理は徹底されていた。これまでのさわちゃん自身の力と保護者や周囲の方々の努力を想像し、敬意を表するばかりだ。

コミュニケーションは発信に対する応答、やりとりであり、刺激に対する反応である。刺激の入り方で子どもの応答は変化し、成長する。私が出会ってきた子どもたちが見せ続けてきてくれたことだ。

一方で、コミュニケーションの方法は一人ひとりがみな違い、子どもの数だけある。話しことば、文字、手話などことばを使ったものもあれば、表情、身振り、視線、声のトーン、呼吸など、ことば以外によるものもある。

子どもも保護者もみんな一生懸命で、がんばっていない人などいない。だから、「よくがんばっていますよね」とは言っても、「がんばってください」というニュアンスのことばかけはしたくない。

子どもさんに障害があることが分かった保護者のみなさま。いろいろなことがあっても、大丈夫。コミュニケーション能力や周囲を理解する力は必ず育ちます。

そして、楽しい時間と豊かな経験を大切になさってください。子どもさんにとって良い環境を選び取り、今日まで育ててこられていることを誇りに思っていただけますよう。子どもさんの育ちに心からの願いを込めて。

II

さわこといっしょ

Sawako to Issyo

海の見える街で、さわこと過ごした日々

さわこ

お腹の中にいる赤ん坊《ぼう》は、乱暴《らんぼう》に私の体をぐいぐいと押してきて、足か何かを上からつかめそうだった。

どんな子なのだろう。

まっすぐに前を見る子がいい。音のきれいな名前がいい。髪は真っ黒で、しっとりと重い子がいいなあと思っていた。

実家のあった根室《ねむろ》では町じゅうに千島桜《ちしまざくら》が咲いていたころで、産院のベッドの上で私は、

「今まで生きてきて困ったときは父や夫が助けてくれたけれど、ここでは本当に自分一人なんだなあ」

としみじみ思ったりしていた。

生まれてきた赤ん坊を枕元《まくらもと》に置かれてみると、真っ黒い髪がフサフサしていて、目が合ったほんの一瞬、どうしてかわからないけれど、「目つきの鋭《するど》い子だ」と思った。

そんな赤ん坊がいるだろうか、目は本当に開いていたのだろうかと後で思ったけれど、確かにベッドの上でそう思った。

私は、お腹が大きい間に白い薄地《うすじ》のブラウスや、小花を刺《し》しゅうしたワンピース、白いレースの靴と、そんなものを一つ、また一つとそろえては、たくさんの夢を見ていた。

「さわこ」と名付けられた赤ん坊はよく笑う子で、胸の中ですがるように私を見る赤ん坊とはこんなに愛《いと》おしいものかと思った。

さわこのふっくらとした産毛《うぶげ》が光る頬《ほお》も、柔らかな手も、お豆が並んだような足ゆびも、すべてが愛おしく、口に含んでみるとふあーっと甘い匂いがした。

さわこは、時々ふしぎな動き方をした。座布団《ざぶとん》の上に置かれている赤ん坊のさわこに、何かわからないけれどふしぎな気がした。

それでも、笑顔がじまんの娘だった。

娘を抱いて家のすぐ前の海を見に行った。ほんの数カ月前まで、白い氷のかたまりが重なって海をおおいつくし、かすかに青い海が透《す》けて見えていただけなのに、今はもう短い短い春になっていて、潮《しお》の匂いをかぎながら、この子のたくさ

んの未来を想像していた。

あともう少しで、金毘羅《こんぴら》さんのお祭りの金棒担《かなぼうかつ》ぎの子どもたちが、練習に夜の街を「エンヤ、ソリヤ」と練り歩く。きっと、さわこははじめての根室の祭りを喜ぶだろう。

病院

さわこの一歳の誕生日がすぎ、一カ月ばかりしたころ。

夜、突然ひきつけを起こしたさわこを病院へ運んだ。顔は瞬《また》く間に土色になり、唇《くちびる》は色を失い、目は上を向いたまま。小さな娘は手を固く握《にぎ》り、からだをうしろにのけぞらせている。タオルにくるんだその顔は、いつものような笑顔ではない。

怖かった。とにかく怖かった。

病院の廊下《ろうか》を夫と走ったことだけは覚えている。あとは何が何だかわからずに、いつの間にか病室にいた。

その夜、病室で何度も何度もひきつけを起こし、そのたびに暗い古い病室に白衣の人が走ってきた。

医師なのか看護師さんか、その顔すら目に入らなかった。夫がそこにいることもわからなかった。

泣いて泣いて、娘の顔だけを見ていた。何度目かのひきつけを起こしたとき、点滴の液に「頭蓋内出血《ずがいないい》」と書いてあるのを見て、この小さな頭の中で何が起こっているのだろうと、怖くて怖くてまた泣いた。このほんの数十センチの娘はどこかへ行ってしまうのではないかと考えていると、またさわこは固く手を握り、のけぞった。

八回目のひきつけを起こしたとき、やっと、やっと私は気がついた。この子は私を見ていた。この子は私が泣くたびに、ひきつけていた。

私は、歌をうたった。何をうたったのか、もう忘れてしまった。けれど、確かにあのとき、私はうたった。

夜が明けるころ、さわこはやっとおだやかに眠った。頬《ほお》はピンク色になり、唇にも赤味がもどっていた。

いつも私の顔を見て笑ってくれる娘が、いまは疲れて私の胸元で眠っている。

「もう泣くまい」

そう思った時、私は父のことを思い出していた。父がこの同じ病院で亡くなってまだ一カ月だというのに、この夜、私は父のことを忘れていた。

父は亡くなる二日前、ベッドの横で泣く私に、力を振《ふ》り絞《しぼ》って言った。

「泣くな。お前は、頭のいい子だから、なんでもできる。泣くんじゃない」

父は、私とさわこの行く道を予知していたのだろうか。昭和の初めの生まれで、

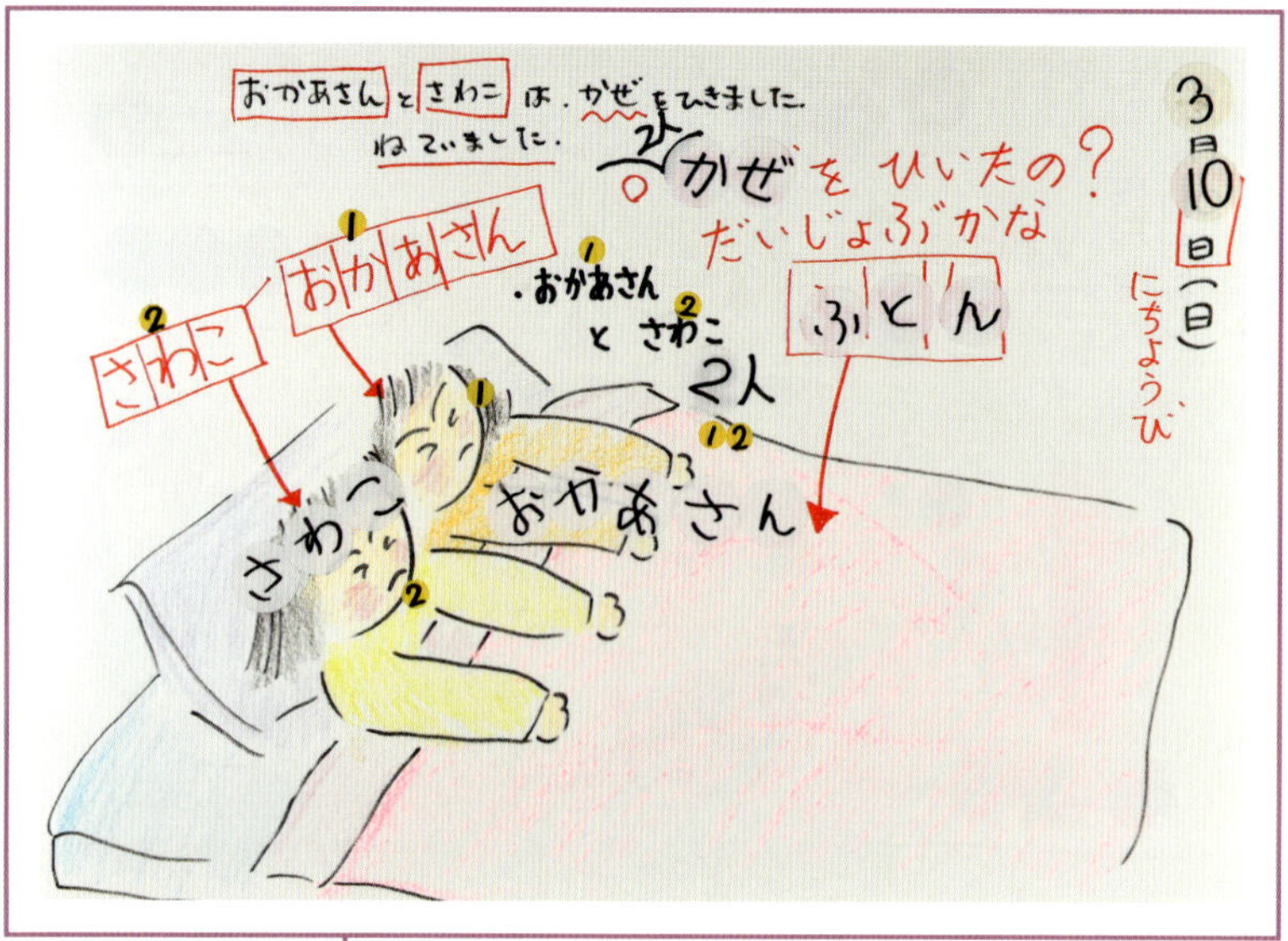

聾学校小学部では、一日の家での出来事を絵日記にして学校へ持って行きました。三年ほど続けました。翌日、先生はその絵を見て、身ぶりや言葉を使ってお話をします。

私のことなど一度もほめたことなどないのに、「なんでもできる」、そう言ってくれた。そして「泣くな」と言った。

そのあとも私は、父の遺言《ゆいごん》を何度も何度も破って、泣いた。でも泣き終わるたびに、次はもう泣かない。そう思った。父が「泣くな」、そう言ったから。

声

「つぶや、つぶや、豆つぶや、醤油《しょうゆ》に煮たてて食べりゃんせ」

戦争が終わった昭和二十年の秋。姑《しゅうとめ》は故郷《こきょう》・国後《くなしり》にロシア兵がやってくると、小舟にその母、姉と女ばかりで筵《むしろ》をかぶり、島を脱出したそうだ。真っ暗闇《くらやみ》の中、恐ろしくて恐ろしくて震《ふる》えていたという。

そしてやっと根室の岸が見えたという所で舟が転覆《てんぷく》し、三人は命以外のすべてを失ったそうだ。

その時、姑は二十歳。カニの缶詰《かんづめ》工場で働いていたという。朝から晩までカニをさばく作業はつらく、女工節《じょこうぶし》を歌ってその手の冷たさをまぎらわしたというその声は、澄んだきれいな声だった。

それからどれほどの年月がたっているのだろうか。私が娘を連れて根室を出る日、釧路《くしろ》空港までの車中、姑はもうじき三歳のさわこの足から靴下《くつした》を脱がせ、自

分のしわだらけの両手で包み込んだ。そして、小さなふっくらしたお豆のような足指を一本ずつつまみながら、

「つぶや、つぶや」

と声に出して歌った。

二時間半ほどの道のりを、何を話したかも覚えていない。いつもは大声で冗《じょう》談《だん》を言い、豪快《ごうかい》に笑うにぎやかな人だったのに、あの時だけは娘の足指を軽くかじっては「めんこいなー」と言いながら、いつまでもそうしていた。

空港へ着いてからのことは何も覚えていない。ただ、私は空港で姑のことを振り向くこともなかった。

夫と私は、さわこに重い障害や病気があることがわかると、病院やその後の学校を探し求め、知る人のいない街への転居を決めた。船乗りの夫が仕事の関係であわただしく先に発《た》った後も、

「娘に何を食べさせよう。白身の魚はないか、納豆《なっとう》を包丁で叩いてたべさせようか」

そんなことばかりを心配していた。

あったかい人だったのに。それなのに、私は振り向くこともなく娘を抱き、飛行機に乗った。

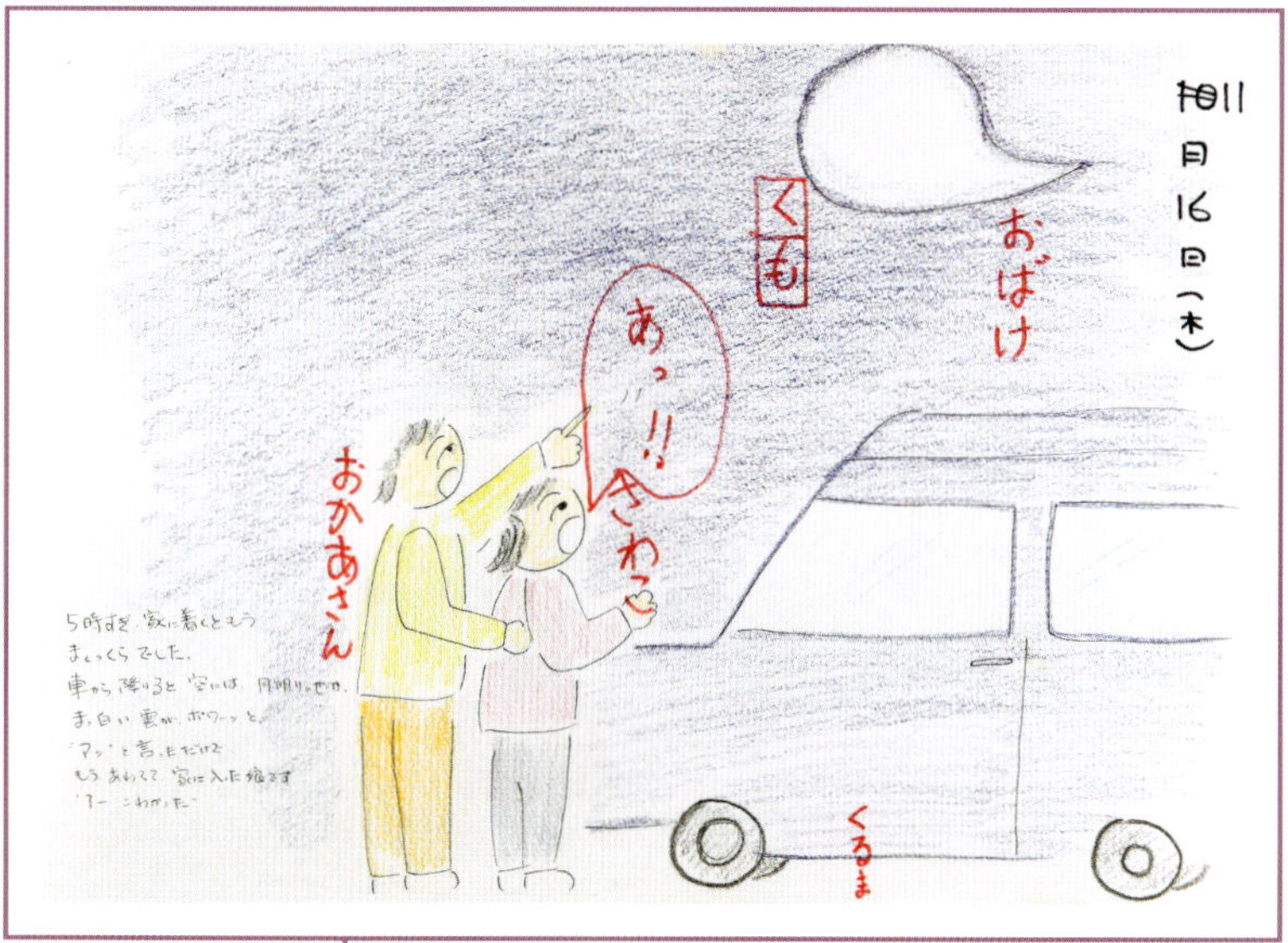

毎日イベントがあるわけではないので、
こんなことも書きます。
さわこは今でも
「おばけ」や不思議な形をした
「くも」が苦手です。

私はこの子を離さない。だれにも渡さない。

そんな気持ちだけで行ってしまった。


それから兄嫁《あによめ》とおだやかに幸せに暮《く》らしていた姑は、ある朝突然逝《い》ってしまったけれど、私に最後に言った言葉は、

「さわこを大事にしろ。せば、おめえは幸せになれる」

だった。

ススキ

さわこはよく笑う。どこかに笑いのツボがあるのかと思う。

寝ている時もよく笑う。「クックック」と笑う。

「どんな夢を見ているのだろう」と夫と顔をのぞきこむ。私が転んだ夢でも見ているのだろうか。それとも障子《しょうじ》に穴を開けて「おとんに見つかった！」なんていう夢だろうか。

今朝などは、ふだん無愛想《ぶあいそう》で黙《だま》って仕事に行くおとんが、「さわちゃん、また笑ってた」と実にうれしそうに言っていた。

つらい夢も悲しい夢も、痛くて泣いた夢も、さわこにはないのだろうかと不思議に思う。


室蘭に越してきたばかりの三歳のころ、家の近くにある肢体《したい》不自由児の通園施設へ毎日、さわこを抱いて通っていた。

ある日、障害児専門のドクターと理学療法士《りょうほうし》さんや言語療法士さんが札幌からやって来て、さわこの診察をした。

抱き上げたり、ひねったり、転がしたり、おもちゃを渡したり。それが終わると、難しい顔をして「いつも何をして遊んでいますか」などと質問が飛ぶ。

先生たちが話し合うあいだ少し待たされて、それから、一番年配《ねんぱい》の先生がこう宣告《せんこく》した。

「歩くことができないですね。お座《すわ》りもできないですね。物を持つこともできないですね。記憶力《きおくりょく》もない。聴力も悪い。話すことも難しいでしょう」

できない、できないがいっぱい並んだ。

外はもう暗くなりかけていた。家への帰り道、抱っこひもでさわこを抱っこして、道端《みちばた》の高いところに咲いているススキへ手を伸ばす。ボキッと枝を折りながら、

「きっとあの先生は、家に帰ったらお風呂に入って、それからビールを飲んで、そしたら言ったことなんか忘れちゃうんだろうな」

そう思ったら、あんまり寒くてポロッと涙が一粒。私はさわこを抱き寄せた。

それから数日。家の近くをさわこを抱いて散歩していると、学校帰りのアヤちゃんに会った。時々道で会ううちにお話しするようになった小学生だ。

ちょっとあいさつを交わしてから、アヤちゃんは心にためていたものを一気に出すようにこう言った。

「おばさん、さわちゃんってさー、歩けないよね。お座りもできないよね。一人でご飯も食べれないよね。お話もできないしね」

私の胸にちっちゃい針が刺《さ》さって、「あーあ、また、おんなじだ」と思った。

けれどアヤちゃんは、

「でもさわちゃんは、笑うことができるもんね」

と続けた。

アヤちゃんをギューッと抱きしめたくなった。

ぶどう

根室から室蘭へ越して来て二週間ほどたったある日。三歳のさわこが急にグッタリとし、大急ぎでタクシーに飛び乗った。てんかんの発作《ほっさ》だった。こんなことは根室ではもう何度もあったことだったけれど、この町に越してきたばかりで、どこの病院へ行ったらいいかもわからず、運転手さんに「一番近い小児科へ」とお願いした。

木造の古い病院の待合室のいすに座って、私は夫の長靴《ながぐつ》をはいていることに気がついた。初めてお会いした小児科のS先生は、「あれこれ心配しても仕方がない」と言った。頼《たの》もしい言い方だった。そして、

「海に連れて行ってな、海水に手をつけてやるんだ。そしたら、冷たいとか波があるとか、そんなことがわかるんだ」

そんな話をした。いろいろな体験をさせることが大事なのだと言っているようだったが、後日その先生は海好き、釣《つ》り好きだとわかった。

入院すると、外来受診《がいらいじゅしん》を終えたS先生が病室にやって来て、「お～い母さんたち、

洗濯《せんたく》でもしろ」と言った。加湿器《かしつき》の代わりに洗濯物を干せということだった。夜には、同じ病室に入院している子のお母さんが、「廊下の端の病室に髪の長い◯◯が出るらしい」なんて話をしていた。

病室のさわこのベッドはまわりに柵《さく》があり、ベッドから落ちてしまわないように気をつけてはいたのだが、ある日、となりのベッドにいた小さな女の子が、「さわちゃん、さわちゃん」と手招き。仰向けに寝ていたさわこはうれしくて、目をキラッキラさせながら、女の子に近づこうとかかとで布団をけった。と、はずみでズボッとさわこの頭が柵にはまった。私は、真《ま》っ赤《か》な顔で泣き出すさわこの頭を支えるのに必死になりながら、「だれかー」と叫んだ。

看護師さんが走ってきて、S先生が走ってきて、たまたまいらした警察官《けいさつかん》まで走ってきて、やっとのことで無事救出!

そして退院し、一カ月ほどたってまた入院。病室へ行くと、先に入院していた子どものお母さんが、さわこの様子を見てヒソヒソ声で、「おくさーん、気をつけたほうがいいですよ。前にこの病院に入院していた子どもさんがベッドの柵にはまって、大事件だったんですって」。私は必死に笑いをこらえて、丁重《ていちょう》にお礼を言った。

それから、数え切れないほど入退院を繰り返し、その度《たび》に病室でいろいろな子どもたちと楽しい夜を過ごした。十四歳になるとてんかんの発作もなくなり、毎日飲んでいた薬をやめた。

けれど、二十歳になった年、ブドウ狩りに友人たちと壮瞥《そうべつ》町へ行った日の夜、突然発作が始まった。夜中に娘を抱いて、夫と車に飛び乗った。「この子の頭の中にある言葉が全部なくなっているかもしれない」と思った。

翌朝、さわこの頬はピンク色にもどり、病室のベッドでぐっすり眠っていた。私は新しくなった病院の大きな窓から空を見て、車に積みっぱなしだった黒ブドウを食べた。一度にあんなにたくさんのブドウを食べたのは初めてだった。

「それでもまた一から、一つずつ片付けていこう」

そう思った。

YAMAHA

盲導犬

「盲《もう》」という字は、「亡」という字の下に「目」を書きます。
「聾《ろう》」という字は、「龍」という字の下に「耳」と書きます。
龍は、耳がなかったのか、聞こえなかったのでしょうか。そんなことを考えたこともあります。聴覚に障害があるお子さんは、自分の顔の絵を描くと耳を描かないことがある、と聞いたことがあります。

さわこが四、五歳くらいだったかと思います。札幌の病院へ月に一度ほど、通院していました。いつもは夫の運転する車で行くのですが、この日はさわこと二人、JRを利用しました。

帰り道でのことです。札幌駅のホームで私はさわこを前に抱いて立っていました。

さわこは、同じ並びに盲導犬《もうどうけん》二頭を連れたご夫婦らしきお二人を見つけました。盲導犬二頭は薄いベージュ色のレトリバーで、キリッとした顔で前を見ていました。犬好きのさわこは、どうしても触りたい触りたいと私の腕の中でジタバタ始めます。

私は思い切ってその方に近づき「申し訳ないですが」と前置きした上で、

「お仕事中の盲導犬に話しかけてはいけないのはわかっていますが、そばで見ていてもいいですか」

と声をかけました。

すると、六十代くらいのご主人がやさしい顔で、

「いやー、声をかけてくださって助かりました。実は構内の騒《さわ》がしさでアナウンスがよく聞こえないんです。このホームは室蘭方面行きで間違いないでしょうか」

とおっしゃるのです。そうか、犬はホームの番号がわからないのに、この方たちはどうやってここまで来たのだろうかと、私は驚きました。

車内でお二人は、「犬だってたまには遊びたいんだよ」とおっしゃってくださり、さわこは上に乗っかり、耳をひっぱっては口に手を入れたりと、存分に遊びました。二頭のうちの若い方の一頭は一緒に楽しそうに遊んでくれ、もう一頭の大人の方はただただやさしい顔をさわこに向けていました。

そのうちに私が、「この子、お耳が聞こえていないんです」と言いました。するとお二人はハッという顔をなさいました。少し時間をおいてからご主人が、「目

が見えない自分がかわいそうだと思っていた。でも、聞こえない方がかわいそうだなあ」と言って涙をスーッと流され、さわこの頭をゆっくりなでてくれました。

それから、お二人の家での楽しい毎日のことを話してくださいました。天ぷらを揚げていると、若い方の犬がそーっとその一つを持って行って、コソッと食べたりするんだそうです。それを想像して、なんだか楽しくなりました。お二人は、登別駅《のぼりべつ》で降りて行かれました。

目が見えず、耳が聞こえず、人との交信ができないと、「宇宙に放り込まれたような孤独《こどく》」を感じると聞いたことがあります。

もし私が見えなければ、あのお二人のようなやさしい顔はできなかったと思います。

私が聞こえなかったら、孤独感の中で、さわこのようには笑うことができなかったと思います。

カレー

室蘭聾学校は、六月になると濃い色の八重桜《やえざくら》に囲まれます。

さわこが入学したばかりのそんなころ、玄関で車いすのさわこに靴を履《は》かせているいると、隣の寄宿舎《きしゅくしゃ》から二年生のマサトくんが黒いおっきなランドセルをユッサユッサ揺らしながら走ってきました。

息をハアハアさせ、チラッとさわこの顔を見てから「いい話があるんだ」とばかりに目を輝かせています。ゴクンと唾《つば》を飲み込むと、こう言いました。

「おばさん、あのさー、さわちゃんさー、いっぱいごはん食べて、おっきくなったら、歩けるようになるんじゃないかなー」

やせっぽっちのマサトくんは胸を張っています。

私はこんなとき、特に相手が子どもだと何と答えていいのかわからず、あいまいな返事を探してしまいます。でもマサトくんは、私の返事を待たずに大急ぎで靴を履きかえ、外靴を下駄箱《げたばこ》に投げ込むと、またランドセルを揺らして教室に走って行ってしまいました。

ろう学校の給食は一、二、三年生の六人と先生たちが大きな教室で丸くなって一緒に食べます。さわこが一年生の時は私も一緒でした。

その日の給食の時間でのこと。

さわこはテーブルを前に「今日のごはんは何？　何？　早く早く」と、給食の用意をする先輩《せんぱい》たちの姿を目で追っています。マサトくんはバンダナを頭に、盛り付け係をしていました。

お皿にごはんとカレーをよそい、「これは◯◯さんの」と配膳《はいぜん》係に渡していきます。そして、最後のお皿に山盛りのごはんとたっぷりのカレーをこぼれんばかりによそうと、「これはさわこさんの」と得意げな顔で差し出してきました。

「マサトー、さわちゃん、そんなに食べれるわけないっしょー」

からだのおっきなM先生が思わずこう叫びました。

怒鳴《どな》られたマサトくんはそれでも、「へっへっへー」とこちらに目くばせしています。

給食を食べ終えた子どもたちが体育館へ走って行ったあと、私は先生に、今朝の玄関での出来事《できごと》を話しました。先生は目をちょっとうるっとさせ、「そっか」と言いました。

じてんで「ケーキ」を
指すさわこと
近所のコンビニへ行きました。
車のカギ、さいふ、
持ち物、買う物と、
「話す」ことたくさん。

マサトくん、高校卒業するとき、学校近くの
国道沿いのカレー屋さんで、おばさんがスープ
カレーをごちそうしたの覚えてるかい？
さわこはおかげさまで大きくなったよ。

リレー

ろう学校での体育の時間は、一年生から六年生までの数人が一緒で、楽しい楽しい時間だった。

二年生までは私も授業に付き添《そ》っていたのだが、体育の授業だけは「お母さん、どうぞ教室でお休みください」と言われていた。

どう見ても俊敏《しゅんびん》という言葉とは縁のなさそうな私がけがでもしたら、先生たちも困るだろう。それでも、体育館で走り回る子どもたちの「キャーキャー」という声が聞こえてくると、ついつい体はそちらへと向かった。

冬は雪が降ると、校庭に公務補《こうむほ》さんが雪山を作ってくれる。特大のそりを前に、だれが先頭に座るのか、八人ほどの子どもたちが先を競う。そりになだれ込み、雪まみれになって滑り降りて来るのが楽しいのなんの。

サッカーだってマット運動だって、私も一緒に走りたかったし、マットの上を転がりたかった。先生っていいなあ、先生ばかり楽しんでうらやましいなあ、と心から思っていると、ある時、先生に「これは教員の役得《やくとく》ですから」と心の中を見透《みす》かされてどきんとした。きっと私は、そんな顔をしていたに違いない。それに何より、さわこの顔。紅潮《こうちょう》し、リスが餌《えさ》をため込んだような満足しきった頬をしている。

それがある日のこと、体育館で八人の子どもたちが紅白に分かれてリレーをした。みんなやる気満々で、「絶対に勝つ！」という顔をしていた。

さわこも他の子に車いすを押してもらって参加した。車いすに座っているだけなのに、握ったこぶしをふりあげて「行け！　行け！」と言っているようだった。車いすを押している子も必死の形相。けれど、さわこの入っている組が負けてしまった。

「さわこがいるから負けたんだ」

二つ年上のカズキが、悔《くや》しくて悔しくて泣きながら言った。S先生は、何も言わずに見ている。

私も近づいては行けない。と言うより、なんだか近づけなかった。すると六年生のダイちゃんが、

「おまえなー。さわこだってみんなだってがんばってんだぞー。そんなこともわかんないのかー」

とカズキをにらみつけて怒鳴った。

熱くなれ。熱くなれ。子どもたち、熱くなれ。

私は心の中で、呪文《じゅもん》のように繰り返した。


高校を卒業したダイちゃんとカズキは、苫小牧《とまこまい》の同じ会社に勤《つと》めた。時々ふたりに会うと、ダイちゃんは相変わらずやさしくて、もう立派な青年だ。

ふと見ると、カズキがかがんで車いすのさわこの顔に自分の顔を近づけている。

「元気?」と頭をナデナデするステキな大人になっていた。

赤い自転車

障害は個性だという人がいる。

でももし私が歩けなかったら、聴こえなかったら、「あらあなた、それは個性なのよ」などと他人には言われたくない。家族にも友人にも言われたくない。言ってもいいのは、自分だけ。自分でそう思って、そう言うのはいい。けれど、親の気持ちは違う。少し違う。

口には出さないし、いつも思っているわけじゃないけれど、心の中では「もうしわけない」——そんなふうに思うことがある。


十五年ほど前のある日、さわこと行った大型商業施設で、ピカピカの赤い自転車が飾られているのを見つけた。

人混みの中、さわこは電動車いすでスーッと近づいて、そして止まった。そのまま動かずに、真剣《しんけん》な目で、赤い自転車をジッと見ていた。

少し前、布団の中で読んだ『とんことり』という本。主人公のかなえちゃんと友達が、黄色い花の咲く中を春の風に押されながら、ほっぺを真っ赤にして自転車に乗っている。最後のページを飾《かざ》るのはそんな絵だった。

あんなに幸せそうな絵はないのに、いろんな思いが心の中を渦《うず》まいて、少しだけ涙が出た。

「あなたには必要ない」「あなたは乗れないのだから」

自転車の前で動かないさわこの肩は少し寂《さび》しそうだったから、とてもそんな言葉はかけられない。さわこの次の行動が少し怖かった。

するとさわこは、その場をソッと離れた。そんな娘をほめるわけにもいかず、私もソッとさわこのあとについた。

家に帰って、さわこに「ほしい」と言われたらどうしようと思った。考えても考えてもわからなかった。

『とんことり』は布団の下に入れたけど、もうしわけない、もうしわけない、もうしわけないと、心がボキボキ折れそうだった。

負けるなさわこ。母、強くなれ、強くなれ。

それから、ホームセンターで自転車を見かけても、素知《そし》らぬ顔をして、違う方向を見て、さわこは通り過ぎた。これでよかったのだろうか。

けれど、ひと月ほどがたち、隣りの町の自転車やさんの前をさわこと通り過ぎたとき、さわこはそこを離れずに、じてんで「買う」を指さした。誇《ほこ》らしげな顔だった。強い娘の顔だった。私も迷わず財布《さいふ》を出した。迎えに来たおとんは驚いた顔をしてたけど、私は「ごめん」とだけ言った。

その夜、リビングで真新しい自転車にさわこをまたがらせた。おとんも私も大変だったけれど、さわこは、ほっぺをパンパンにふくらませ、「かなえちゃん」と同じ顔だった。

正解はわからなかったけれど、いっぱい迷ったから、いいんだ、いいんだ、そう思った。

犬ぞり

「おしゃれして恋をしたり、結婚したり、お友達と旅行をしたり、一人暮らしをしたり。さわこにはどれも難しそうです。人ってどうしたら幸せなんでしょう」

さわこが小学校低学年の時、私はこんな質問を校長先生にした。いま思うとすごく気恥《きは》ずかしい質問だ。

女性の校長先生はおしゃれで話しやすい方で、いつも学校中のいろんなところでお話をしてくれた。この時も先生は、すこーし考えて、

「障害がある人でもない人でも、人ってすごく遠い夢の話や、手の届きそうな夢の話をしている時、幸せそうな顔をしているよね」

と言った。

小学校卒業の前の冬、家族で富良野《ふらの》へ行った。目当ては、ホテルの横の広場でのそり遊び。

そこで、さわこはみつけた。十頭ほどのハスキー犬がそりを引くのを。目をキ

ラッキラ光らせ、車いすから降りようと、もがいて体を大きくそらす。

全身が好奇心《こうきしん》のかたまりだった。何とかその犬のそばへ行きたい。行かねばならない。けれど、予約がなければ乗れない決まりなのだという。

「今日は乗れない」ということを伝えると、さわこはおとんに抱きついて大声で泣いた。そのまま体が雪の上にくずれ、雪の中で顔中の涙が凍って真っ赤だった。それでも大声で泣いた。家に帰っても、テレビに映る犬を見て、窓から散歩している犬を見て、さめざめと泣いた。

小さなぬいぐるみの犬を一つずつ買い、リードをつけて自分のいすに結びつけ、「ゆき」「まだ」と訴え、「まだだね」と一年を過ごした。「犬ぞり」「リード」「えさ」「犬小屋」「ゲージ」。たくさんのことばと絵を、絵本から探して覚えた。

そして、雪が降った。さわこは、窓から大粒の雪がぼたぼたと降るのを見てにっこり笑った。金山湖《かなやまこ》の近くで犬ぞりツアーをしているMさんのところを予約して行ってみると、三十頭ほどのハスキー犬が待っていてくれた。

おとんがさわこを抱いて車から降りる。マイナス二十度の凍った空気が光り、あたりはまさしく銀世界。そこへ一頭のワンコが近づいてきた。さわこはワンコの首に手を回して引き寄せ、ワンコはさわこの顔をなめ、熱く熱く抱き合った。

さわこが雪に埋《う》まらないように、おとんが小さなスキーを電動車いすにつけている。リードを持ち、ワンコをそりにつなぎ、顔を真っ赤にしていそいそと働いた。

私がさわこを抱いてそりに乗り込もうとすると、Mさんが「さわこさんにお母さんは必要ですか？　お母さんは別のそりで行ってください」。

おとんのそりが行き、さわことMさんが行き、私があとを追った。二十キロ走り、ゴールに到着《とうちゃく》。さわこのほっぺは、赤く氷のように冷たかったけれど、「どうだ！」という顔をしている。

「ずっとこぶしを握って振り上げていましたよ」とMさんが教えてくれた。おとんとおかんは、その姿が見えなくて少し残念。

それから夏が終わり寒くなってくると、さわこは「犬ぞり！」と夢を語るようになった。

すき焼き

中学二年生のさわこを学校へ迎えに行った時のこと。

玄関にいる私のところに、算数を受け持ってくださっているO先生がやってきて、

「おかあさん、昨日はすき焼きを食べましたか?」

と尋《たず》ねてきます。そう、昨日は特別な日でもないのに、確かに豪勢《ごうせい》にすき焼きを食べました。

「どうして先生、知っているの?」と聞くと、

「さわこさんがぼくの教室にやってきて、『昨日』『何を食べましたか』とじてんの中のことばを指して聞くので、ぼくは○○と答えました。するとさわこさんが、『さわこ』『昨日』『すき焼き』と指してから、『キャー』と喜んで逃げて行きました」というのです。

このころのさわこは、人に訴える力がずいぶんついてきて、すごいなあと思っていました。そしてその理由は、相手の人が「好き」だから。さわこはその先生

のことをいつも「好き」「好き」というのです。

でも大変失礼な話ですが、その先生は、ジャニーズ系でもなく韓《かん》ドラの俳優《はいゆう》風でもない四十代のおじさん（本当に失礼！）。そのころ学校には、女の子に人気の若いイケメン先生もいたので、さわこの上級生の男の子たちなど「さわこのかーさん、さわこ、ヘンじゃね？」とか、「学校の七不思議」とか言い合っていました。

でも、さわこはその先生が好きなので、何かお話ししたくて、その先生の元へ通うのです。時には担任の先生に「こうたい」「おねがいします」とずるい顔して言うほどでした。

さわこは担任の先生のことも好きだったので、多分そんなことでみんなが面白《おもしろ》がっていろいろと言ってくれたり、さわこの訴えを楽しんで聞いてくれたり、そんなやり取りができる人たちが周りにいたことがとてもうれしかったのだと思います。

ところでそのO先生は、さわこに一日に何度も「好き、好き」と言われ、「O先生、O先生」と廊下を追いかけられていました。それまでもやさしい先生ではありましたが、さらにさらにやさしい先生になって、生徒からの人気も上昇しました。人はだれかから「好き」と言われると、やさしい気持ちになるものなのでしょうか。

人間関係を築《きず》く上では、時には相手の懐《ふところ》に飛び込んで、「どうかお願い。力を貸してください」と伝えるのも大事なことだと、さわこの同級生のおばあちゃんが私に教えてくれたことがあります。

相手の懐に飛び込むのは、私よりもさわこのほうがずっと上手でした。

愛の力はすごい。愛は地球を救うと思います。

電動車いす

小学校六年生までは、手動の車いすと座面のついた歩行器を使っていた。簡易《かんい》型の電動車いすが発売されたのを機に、思い切って電動車いすに乗せようと決めた。

赤い車いすだった。平日の夕方、おとんと車に積み込んで、人気《ひとけ》のない場外馬券場の駐車場《ちゅうしゃじょう》でさわこを車いすに乗せてみた。右手でコントローラーをほんの少し前に出すと、進んだ。あっという間にさわこはそのスピードに慣れて、駐車場の中を風を切って走った。

ほこらしげな顔だった。おとんと私は走って追いかけた。すごい。すごい。さわこ、すごい。と思って追いかけた。

学校では、中学部と小学部の子どもたちはすぐに慣れてくれ、さわこが通ると「おっとっと」と言いながら、振り返って見守ってくれた。でも、二階の階段から落ちてしまわないかが心配だった。でもすぐに、学校が柵をつけてくれた。

まだ心配はあった。子ども好きのさわこが幼稚部の子どもたちにぶつかっていかないか。しばらくの間は、介護《かいご》のA先生が、いつもそばに付いてくれた。A先生は、「目を離すな、手を離せ」とその絶妙《ぜつみょう》な距離感《きょりかん》を私に教えてくれ、さわこは先生に守られながらも自由に動けるのを楽しんでいた。

中学二年生の時、A先生が退職した。さわこは月曜日の全校朝会で、校長先生がお話ししているというのに電動車いすで体育館中を疾走《しっそう》した。「キャーキャー」と声をあげて面白がっていた。

さわこは先生に叱られた。叱られて「ごめんなさい」とじてんを指していたと先生は言っていたけれど、心配だった。

そして、室蘭聾学校での最後の体育祭。生徒たちがグラウンドの奥から入場してくる。練習では、さわこには先生がついていた。私は、さわこだけで入場させてほしいとお願いした。というか、してしまった。「さわこは、ちゃんとできる」と言ってしまった。

当日、最高学年の親ということで、私は校長先生と二人、朝礼台の上にいた。私の後ろのテント席には大勢の保護者と卒業生たち。五十メートルほど向こうには、はちまきをした二十人ほどの子どもたちが横一列に並んでいる。

真ん中にさわこと一人の男の子。もう一方のとなりは幼稚部の子どもたち。笛の音を合図に旗が上がった。

「きた！」。さわこはこちらを向いて動き出した。あざやかな緑の山を背に、まっすぐにこちらを向いて進んできた。となりの校長先生が、小さい声で「よし！」と言った。

どんどん近づいてくる。「その白線で止まって」「止まって」「止まって」。私は手を握りしめながら、心の中で叫んだ。

止まった。校長先生が一段と力強く「よし！」と言った。さわこは、いい顔だった。

私は用意していた長いあいさつを忘れ、これだけ言った。

「本当にいいお天気になりました。今日のために頑張《がんば》って練習をしてきた皆さん、その姿を私たちに見せようと努力してくださった先生たちに、心からお礼申し上げます」

心からの言葉だった。

風

室蘭の冬は寒く厳しいです。きっと、あの海からの風のせいだと思います。

私はさわこを連れて週に一、二度通院するという暮らしを長く続けています。病院の中はあたたかですし、職員の方もさわこのことをよく覚えてくれていて、廊下で声をかけてくれます。長く通う患者《かんじゃ》さんで顔見知りになった人の中には、バッグの中に「さわこへ」とお菓子を用意してくださる方もいます。

それでも冬の通院は、あの風のおかげで億劫《おっくう》になります。

十数年前のそんなある日の夕方のこと。病院でのリハビリが終わり、私は会計で名前を呼ばれるのを待っていました。

セーラー服を着たさわこは、おニューの赤い電動車いすがうれしくて、広いホールの中をくるくるくるくる回っています。

気がつくと、長いすに腰掛《こしか》けた七十代くらいのご夫婦らしきお二人が、さわこの姿をずっと目で追っているのです。私は、そのご主人の顔から目が離せなくなりました。

その方は、それは厳《きび》しく、険しい怒ったような表情で、眉間《みけん》にしわを寄せるようにしてさわこを見ているのです。両足の間に置いたつえに手をかけた細身のご主人でした。

私の胸にほんの少し、小さなトゲが刺さりました。

そのうちに、ご主人は奥様を置いて外へ。ほどなくして私たちも外へ出ました。ゴーッという風にあおられた雪がアスファルトを舞うなか、駐車場へ向かって歩いて行くと、先ほどのご主人が、迎《むか》えの車を待っているのか、つえを手に立っていました。私は車いすを押し、足早に前を通り過ぎようとしました。すると次の瞬間、私たちの背に「頑張れ」という怒鳴るような声が飛んできました。

私はそのまま自分の車まで歩いて行き、さわこを車に乗せました。そして車いすを積んで運転席に座り、ドアを閉めました。

エンジンをかけると——大きな涙がボタッ、ボタッと出て、いつまでも出ました。

あんなに寒くても、人の体からあふれ出る涙が頬に伝わる時にはあたたかいのだということを、今でも覚えています。

　さわこを育てていると、人の心に触れることが多くあります。そして、たいていの人の心はあたたかいのだと、そう思えるようになりました。

子どもがみんな
そうであるように、
さわこも押し入れが大好きでした。
会社から帰るおとんを、
押し入れの中にかくれて待ちます。

暗い顔

さわこは、小学校と中学は室蘭のろう学校に通っていた。

中学三年で高校への進学を考えた時、私たちは、室蘭の養護学校を選んだ。それは静かな選択だった。

ろう学校の高等部は、道内には小樽に一校あるのみで、ほとんどの生徒は寄宿舎に入っている。地元で自宅から通える高校は、室蘭の養護学校しかなかった。

養護学校へ行ってみると、生徒数はろう学校よりずっと多く、建物も真新《まあたら》しくきれいだった。ここならきっとたくさん友達を作って楽しんでくれるはず、私はそう思った。

学校見学へ行っても、さわこはたくさんの子どもたちがいることが驚きなのか、好奇心を丸出しにしてキョロキョロしていた。「これで大丈夫」、私はそう思った。

静かな選択――でも実は、心にはふたをしていた。ずっと何年も同じ校舎でともに過ごし、兄弟のように生活していた仲間から、さわこ一人だけを切り離すという事実に。

「寄宿舎での生活はさわこには無理だろう」

そう自分を納得《なっとく》させていた。きっと、ここでも大丈夫。そう納得させた。

でも私は、さわこの本当の気持ちをきいていたのだろうか。さわこのためなら引っ越しもいとわない覚悟《かくご》があったはずだったのに、どうして静かな分別《ふんべつ》のある大人のふりをしたのだろうか。

四月、さわこは新しい毎日が楽しくて楽しくて、輝《かがや》いて見えた。あっという間に五月の連休も過ぎ、六月に入ったころ、突然《とつぜん》さわこは、学校ではなく「買い物」へ行くと「じてん」を指さした。

それが何を意味するのか、その時はよくわからなかった。

それが何日か続き、とうとうある朝、「ごはんいらない」、「ねる」と言いはじめた。学校へ行きたくないのだ。そのことをさわこなりに、さわこの知っていることばの中から、私に訴えてきたのだった。

私は、なんとか学校へ行ってほしいと願った。だましだましでも連れて行こうとした。声を荒《あら》げてしまうこともあった。先生たちも、何度も家に来てくださって、時間をかけて話をしてくれた。

でも、さわこの決意は固かった。私は、さわこの気持ちが変わるまで、とことんさわことといっしょに過ごそうと決めた。

二人で駅へ行って列車に乗ってみた。室蘭の街の中にある長い歩道橋も渡ってみた。「いつかしてみたかったこと」をできるだけやってみた。そんな毎日も楽しかった。

そうして数カ月がたったある日、さわこは「学校」、「行く」とじてんを指さした。えらい。頑張った。うんとほめてあげた。でも、やっぱりだめだった。

数日して学校に迎えにいくと、玄関から出てきたさわこの顔に私は驚いた。こんな暗い顔をする子ではなかった。いつも、好奇心で明るく輝いている子だったはずだ。

翌日、さわこは「学校」、「おやすみ」とじてんを指した。この子の笑顔を守ると決めていたのに、私は何をしていたのだろうと目が覚めた。

そして、心に決めた――。

受験

私の決意――。

小樽《おたる》にある北海道高等聾《ろう》学校への転校。私とさわこが小樽へ引っ越す。

そう心の中でひとり勝手に決め込んだ私は、とんでもない進路を決めた娘が父親に許しを願う時のように、神妙《しんみょう》に夫に頭をさげる。私の思いつきにも似た決断に、おとんは半《なか》ばあきれ、あきれ、あきれ、そして協力を約束してくれた。

中学までお世話になったろう学校の校長のところへ相談に行くと、

「こんな時は王道を行きなさい」

と助言してくださった。

ふだん家では「腹へった」くらいしか口にしないおとんが養護学校へ行き、

「迷惑《めいわく》をかけて大変申し訳ない。やはり今までどおりろう教育を受けさせたい。転校を希望している。協力してほしい」

と願い出てきてくれた。

高等聾学校への転入はかなり難しいというのはわかっていた。でも、それから先は何も大変なことなどないはずだった。決めた道を進むだけだったから。

高等聾学校へは、おとんとさわこといっしょに何度も何度も通ってお願いをした。そのたびに、なつかしい室蘭の子どもたちに会える、とさわこは声をあげて喜んだ。私もなぜか、ホッとした。

室蘭の生徒の親たちは口々にこう言った。

「養護学校への進学を決めた時、さわちゃんかーさんはそれがいいんだ、と思ってた。だからだれも何も言わなかった。『本当はろう学校へ行きたいんだ』ってどうして言わなかったのさ」

ホントだ。自分の口で言わなくっちゃだめだったんだ。自分の希望を口にすることもせず、「ほんとうは」「ほんとうは」とひとりで考えていたなんて、なんてバカなんだろう。そう思った。

それから、何人ものお母さんたちが、

「今まで一緒に勉強してきたんだから、さわこだってここに入れてやってほしい」

と校長室まで行き、掛け合ってくれた。養護学校の先生も、ろう学校まで足を運んでくれた。

そして、転入試験を受けられることになり、数日後に合格通知が送られてきた。

私は合格通知とさわこの手を取って、小躍りどころか、くるくるくるくる回った。ソファに座るおとんは少し寂しそうだったけど。

高等聾学校の教室に入ると、室蘭の子どもたちが待っていてくれた。紺色のジャケットにネクタイをして、「おばさん、なんかあったらオレに言ってね」。

さわこはその子をギュッと抱きしめて、その子はさわこの頭をなでてくれた。

学校の友達の
写真と名前のカード。
合わせるのが楽しい。
大好きなみんなの名前は
今でも覚えています。

路上で

さわこが小樽・銭函《ぜにばこ》の高等聾学校へ行っているころの夏。よく札幌の大通公園を二人で散歩した。

夏には霧《きり》がつきものの太平洋側の町しか住んだことがなかったので、公園の噴水のしぶきも、鮮《あざ》やかな緑の中のベンチも私には貴重《きちょう》なものだったし、それに何より、夏の日差しを浴びてほっぺをふくらませ、前へ前へと電動車いすをあやつるさわこの顔が好きだった。

その日は、一軒のデパートの前に人の輪ができていた。聞くと、ギリヤーク尼ヶ崎さんが路上で踊《おど》るという。

少し待っていると、くたびれたTシャツ姿に白髪《しらが》をたばねたギリヤークさんが、三味線《しゃみせん》とバケツを持って現れ、そこで女物の赤い長じゅばんに着替え、布のバッグから手鏡と口紅を出し、唇を真っ赤に塗った。

そして、黒い大きなカセットデッキのボタンを押し、三味線の曲にあわせて踊り始めた。バケツの水を頭からかぶり、路上を這《は》っての踊りだった。

さわこはきっと、ただただあきれ、

「このおじさんは、こんなところで一体何事をしているのだろう」

と理解不能とばかりに見ていたに違いない。

曲が終わると、輪になっていた人が拍手をしながらギリヤークさんの方へ集まった。

と、ギリヤークさんはその方たちを振り切って、私たちの方へ向かってすごい勢いで走ってきた。

白髪を振り乱し、真っ赤な唇で、赤い長じゅばんからやせた太ももがはだけた人が、である。

娘は驚き、何とか逃げ出そうと、車いすの上の体を大きくそらした。ギリヤークさんはさわこの手をその両手で握り、

「よく最後まで見ていてくれたね。ありがとう。ありがとう。おじさんも頑張るから、おねえちゃんも頑張るんだよ」

と言った。

さわこはおびえていたけれど、ギリヤークさんは、踊っている時とは違うおだやかなやさしいお顔だった。暑い札幌の夏の思い出。

それから何年かたち、室蘭の家で娘とテレビをみていると、ギリヤークさんが映っていた。難病《なんびょう》をわずらい、歩くのもままならない姿だった。

一緒に暮らしているという弟さんが、

「そんな体になってまでどうして踊るんだ」

と尋ねると、吐《は》き出すように「踊りたいから踊るんだ」と言った。

「頑張れ。頑張れ」

そう思ったけれど、やっぱり悲しかった。

それでも、「頑張れ」、その言葉しか見つからなかった。

たのしみ

さわこは小学校に入ってから、人と物には名前があることがわかり、それからはどんどんそれらの名前を覚えていきました。

私は、実物を目の前に持っていったり、絵を描いたりして、なんとか「もの」を伝えることはできました。でも「こころ」を表すことばは教えにくいものでした。耳からの情報は、さわこにはまったく届きません。「かなしい」は、涙を流して泣いている顔を描くことで教えることができました。でも、「楽しい」という感情は絵にすることが難しく、視覚だけでは伝えにくいなあと思いました。ろう学校の先生は、「やっぱりものすごーく楽しい時に〝楽しい〟と伝えるのが一番だね」とおっしゃっていました。


高校二年生からは、銭函にある北海道高等聾学校へ行きました。

駅前のマンションの小さな一室を借りて、私とさわこの二人暮らしが始まりました。窓を開けるとすぐ海でした。引っ越した日、布団に入ると、小さな冷蔵庫もテレビもテーブルも全部見渡せて、明日からおとんがいないことに少し不安も感じていました。

翌日、さわこは紺色のジャケット、チェックのスカートにネクタイをして登校しました。

学校には、室蘭聾学校の中学部で一緒だった六人の子たちがいました。さわこの教室には、同じ年のKちゃんがいました。Kちゃんとは初対面でしたが、すぐに仲良しになり、腕《うで》を組み頬を寄せ合って喜んでいました。国語の時間は、室蘭の学校で一つ先輩だったHちゃんも一緒で、先生は「何がおかしいのか、いつも三人で転がって笑っている」と教えてくれました。

帰りに、校門の横に咲いている桜の木の下で写真を撮りました。さわこは、胸に何かを詰《つ》め込《こ》んだような満足げな顔をしていました。おとんと私は、学生最後の二年間、とにかく楽しんでくれたらいいと思っていました。

体育祭には、全校で国道の向こうまでパレードをして、ダンスのパフォーマンスを披露しました。デニムの短パンからパンパンの足を出したさわこも真剣な顔つきでした。

学校祭の前夜祭では、暗いグラウンドに火をたいて、目いっぱいおしゃれをした恋する子どもたちが手をつないでいます。さわこは仲良しのKちゃんと手をつなぎ、ふざけあって笑っていました。

修学旅行は大阪、広島へ。日程を終えた一行《いっこう》を新千歳空港へ迎えに行くと、私を見つけたさわこは大声で泣いて抱きついてきました。けれど、後で見せてもらった旅の写真ではどれも楽しそうな女子高生で、買い物をしたり、ホテルのベッドでふざけてみんなで抱き合ったりしていました。

「学校」、「たのしみ」。

じてんのことばを指すさわこを見て、「高校って楽しいんだなあ」と思いました。

そして、「よかった。この三年間を過ごせてよかった」と心から思いました。

愛の力

高校を卒業して室蘭の自宅にもどってからの話です。洞爺湖《とうやこ》の近くにある地域交流センターではた織りをしているというので、週に一度ほどさわこと通いました。私とさわことで楽しめることが増えたらいいなと思っていたからです。

交流センターは、スタッフも利用している人たちも穏《おだ》やかで親切な方ばかり。居心地もよく、私たちはお弁当を持って行ってのんびり過ごしていました。

五月のさわこの誕生日には、大きなイチョウの樹《き》の下で食事会を開いてくれたり、少し年上の女の子の友達がさわこに絵を描いてくれたり、名前を覚えたボランティアさんたちとお話ししたりしていました。

通い始めて二カ月ほどたったある日、一人の青年がやってきました。名前はHくん、さわこより十歳くらい年上のようでした。肩《かた》より長い髪を一本にしばり、やせた体にダブダブの黒っぽいジャケットを着ています。そして何より、お日様に当たったことがないような真っ白な顔。

さわこの趣味《しゅみ》は、母の私にはわかりません。さわこは一日に何度も「Hくん」「H

くん」とじてんを指して呼ぶのです。するとHくんは目をほそーくして、やさしく「何?」とさわこの顔をのぞきこみます。Hくんがそばにいない時は、スタッフさんが「さわちゃんが呼んでいるよ」と探してきてくれました。

するとHくんは、何とも何とも愛おしいという顔をして飛んできては、「さわちゃん、なに? どうしたの?」と赤ちゃんに声をかけるように言うのです。するとさわこは、目の前にある「本」とか「ペン」を取ってほしいとじてんを指し、Hくんが手渡してくれると「きゃー」と叫んだりして、Hくんに「ことば」が通じるのが本当にうれしそうでした。私はいつも片肘《かたひじ》をついて、「はぁー」と見ていました。

そんな春の陽《ひ》だまりを感じさせるような日が続いたある日、交流センターに、私より少し年配のやさしそうなご夫婦がやってきました。私とさわこの前に立つと、「さわこさんですか」と言うのです。Hくんのご両親でした。

お父さんは、「もう長い間、息子は家からあまり出ない暮らしをしていたのだけれど、さわこさんは僕がいないと探すからと言って、家から出るようになった」とおっしゃるのです。お母さんは黙ってさわこの手を握っています。

それから何年かが過ぎ、Hくんは農家で働くたくましい男性になりました。たまに、その農家へさわこと遊びに行くと、相変わらずやさしい声で「さわちゃん」と頭をなでてくれます。

Hくんは、やさしい美人と結婚して子どももできました。子煩悩《こぼんのう》のいいパパです。小さな子どもが好きだったんですね。私は、わが家の船乗りのザツなおとんと「ガラスの青年」が親子になりはしないかと、ほんのすこーし心配をしていたのですが。

こんな「愛の力」もあるのですね。

笑い

さわこと二人でスーパーで買い物をするのはけっこう大変です。電動車いすで行くと、さわこは「お好み焼き」「さしみ」など、自分のほしい物だけをじてんで指して、サッサと行ってしまいます。でもお店が混んでいる時は、狭《せま》い通路を電動車いすで移動するだけでも危険を伴います。

なので、私はあらかじめ家で、「今日は何を食べますか」とじてんで聞きます。さわこが「お好み焼き」と指すと、私が「材料」を指し、さわこは「キャベツ、たまご、肉、粉」とじてんの中から一つずつ探します。それを紙に書いてスーパーへ行き、その紙をさわこに持たせます。そして、私が車いすを押して買い物を始めます。

そうこうしているうちに、さわこは混雑している肉売り場などで、奥様たちのお尻《しり》に囲まれて（車いすに座っているとどうしてもその高さになります）、ついその方たちのバッグや洋服を引っ張ったりします。みなさんギョッとされますが、さわこはヘラヘラと笑いかけ、私が謝ると、「いいのよ」と言ってくださいます。

さわこも一応ペコペコと頭を下げます。
先日、そうしてやっとのことで会計までですませ、駐車場へのエレベーターへ向かいました。さわこと二人でようやく乗り込み、小さなため息をついていると、年配の男女がカートを押して近づいてきます。すると、男性が何かにつまづいたのか、よろけて転びそうになりました。さわこはその姿がおかしくて「クックックッ」と笑い始めたものだから、私は「失礼千万《しつれいせんばん》」とあわててハンカチでさわこの口をおさえました。さわこは「ヒーッ、ヒーッ」と息ができずに苦しくて、それでも笑うものだから、女性もこらえきれずに吹き出し、つまずいた男性もつられて笑い出しました。私も「すみません」と言いながら、やっぱり笑ってしまいました。

もうだいぶ前のことですが、室蘭までの列車に乗るため、札幌駅のホームに立っていた時のことです。私は小さいさわこを抱っこバンドで前に抱き、両手に荷物を持っていました。電車はすぐに来るはずだったから、ほんの少しの我慢《がまん》と思っていました。それが、風が吹き出してきて、「悪天候のため電車が遅れる」というアナウンスが入りました。寒くて、肩も両手もだんだんつらくなってきたので、近くに来た駅員さんに「どのくらい時間がかかりますか」と尋ねました。

その時、疲れた私は不満だらけの顔をしていたに違いありません。それでも状況は何も変わりません。けれど、小さくて、できないことだらけのさわこは、隣の男性に顔を近づけて「ニッ」と笑いました。するとその人は、私の片方の手の荷物にさっと手を伸ばし、黙って持ってくれました。

次に、さわこは後ろの女性に笑いかけました。女性は、私のもう片方の荷物に手を伸ばしてくれました。


笑いは大事だと思います。大変な時も、つらい時も、笑顔でいられる。それはとても難しいことだとわかりました。

さわこはつよいのだなあと思います。

希望

さわこが二歳になるころ、ある専門機関の先生に「重度の知的障害があるだろう」と言われた。

その日、どうして私はあんなひどいことをしたのだろうか。今でも思い出すと胸が痛い。

一歳の誕生日に贈った小さな人形を、さわこの目の前でゴミ箱へストンと落とした。

「この子は何もわからないのだろう」と、私はさわこを試してみたのだ。

さわこは瞬く間に顔を真っ赤にして、口を大きくゆがめて泣いた。

その泣き方のあまりのすさまじさに、あわててゴミ箱から人形を拾い上げ、赤ん坊のさわこをぎゅっと抱きしめながら、私も少し泣いた。

「この子はちゃんとわかっている」。そう思った。

三歳くらいのころ、別の専門機関の先生に「記憶力はないだろう」と言われた。

「そうなんだ」と思った。

でも、遊びに行ったある場所で、一カ月前にもそこで遊んだおもちゃを使おうとコンセントを探していると、確かにさわこは私より早く、その方向を見ていた。覚えていたのだ。

希望をなくさせることは、簡単なのだなあと思う。

はじめてさわこをリハビリ施設へ連れて行ったとき、私は年配の理学療法の先生に、

「どのくらいリハビリをしたら歩けるようになりますか」と真剣に聞いた。

先生は「まずは座ることから頑張ろうね」と言った。

それから何年たっても、歩くどころか座ることもできなかった。

同じリハビリ施設で、同じ年ごろの子が歩けるようになっていく姿を見て「すごいなあ」と思ったけれど、やっぱり少し悲しかった。

さわこのリハビリは、「これ以上悪くならないため」のものだとわかった時、さみしかった。

それでも、リハビリはやめなかった。「これ以上悪くならないため」なのかもしれないけれど、「ここで終わり」とは思えない自分がいた。どんなに小さなことでも、できることが増えることを喜んでくれるリハビリの先生がいたからに違

いない。

希望の光をともし続けるのは大変かもしれない。

それでも、希望の言葉をかけるのはそんなに難しくはない。そう思う。

それに、がんばってもがんばってもできないことがあって、希望の道がそれてしまっても、そこからまた小さな道があるに違いない。

いま週に一度通っている市立室蘭総合病院では、駐車場のおじさんも、受付のお姉さんも、さわこによく声をかけてくれる。陽の入る診察室に入るとにこやかな看護師さんたちがいて、いつも前向きな整形外科の先生が茶目《ちゃめ》っ気《け》たっぷりに、

「どんなことがあっても楽しめるさわちゃんでいてほしいなあ」

と言ってくれる。さわこがセーラー服を着ていたころから担当してくださっていたリハビリの先生は、さわこの若いパパのようだ。

他の人にとっては針の先ほどのことかもしれないけれど、「できる」がちょっとだけ増えると、先生たちも一緒に喜んでくれる。

そんな居心地のよいところに通いながら、もし、身長一五六センチの、いつも車いすのさわこが、突然立ち上がったならと、そんなことをふと考えて、ひとりにやけていてもいいじゃないかと思う。

努力の先にあるもの

製鉄記念室蘭病院小児科顧問　東海林黎吉

『さわこのじてん』の主人公である今佐和子ちゃんは今年二十八歳、脳性まひである。さわちゃん（両親や友だちはこう呼んでいる）が、生まれた根室から室蘭にやってきたのは二歳十カ月のこと。難聴と知的障害と運動障害が合併していた。その状態を少しでもよくしたいという両親の愛情、努力は大変なものがあった。

私が主治医になったのもそのころで、てんかんを診るためだった。自立歩行はできず、車いすで、就学前の早期療育を行う室蘭聾学校の教育相談に通っていた。

障害児教育の中では以前から、絵札を使った簡単な情報伝達はよく行われていた。さわちゃんのお母さんからは、さわちゃんも絵文字のボードを使って情報伝達をしていると聞いていたが、その内容はよくは知らなかった。

こんなことがあった。さわちゃんと別の病院（市立室蘭総合病院）の廊下で偶然会ったことがあり、後日、お母さんから「水曜日にさわちゃんと廊下で会ったでしょう」と教えられたのだ。さわちゃんがそれをどうやって母親に伝えたか、そのとき私は理解できなかったが、今回あらためて現在の「じてん」を見せてもらい、やっと理解することができた。

難聴でしゃべれなくても、知的障害があったり指の動きがぎこちなくて手話が上手にできなくても、コミュニケーションをとる方法があることを知った。

「さわこのじてん」は、北海道室蘭聾学校の担任教員と、さわちゃんのお母さんとの共同作業で出発し、お母さんの試行錯誤で絵を描いたり文字を書き加えたりし、徐々に本の体裁を整え、「じてん」として完成させていったものである。「事典」（事物について詳細に記載したもの）でも「辞典」（言葉について説明するもの）でもなく、日常生活の質の向上や、家族や友だちと会話するために使われるさわちゃん独自の便利な「じてん」なのである。

ろう学校や通所施設の友だちや先生の名前が列記されたページだけでなく、「おはよう・こんにちは・さようなら・すき・きらい・ざんねん」などの抽象的な概念のことばが4×10のマス目に書かれたページもある。顔の絵が描かれ、部位を説明しているページなど、お母さんが描いた絵が豊富にある。作ったお母さんも、学ぶさわちゃんにとっても大変な努力の連続であったと思う。

さわちゃんが夕食にすしを希望していたが晩ごはんにすしはなく、お母さんが「ざんねん」という文字を示すとさわちゃんも納得してくれたという。「ざんねん」という説明しにくい概念も、こうして覚えていったそうだ。

本来、学ぶということは知らないことを知ることであり、知ることは楽しいことであり、楽しいことを知ればますます学ぶようになる――という単純原理が当てはまり、現在の「じてん」ができ、これからも進化発展していくのだろう。お母さんもさわちゃんも、「じてん」のおかげでますます学習し、笑顔が絶えず生き生きしている。さわちゃんがこのような素敵な情報伝達方法を身につけて日常生活を送ることは、幼児期には両親を含めだれも予測できなかった。

障害をもつ子どもの両親、とりわけ母親は、わが子に異常と言えるほどの愛情と時間をかける。自分の人生を、障害をもったわが子に贖罪《しょくざい》のように注ぎ込む。ただ、努力は必ず報われるということはない。努力すれば夢はかなうというのは全くの嘘である。しかし、年末ジャンボ宝くじを買わなければ、一億円は百パーセント手にすることはない。努力しないでわが子の症状が改善することは、ほとんどない。

さわちゃんとお母さんの努力を伝えることは大切である。でも、努力を他人に強制すべきではない。「私は頑張ってやってみたら、たまたまいい結果を手にすることができました」というのが現実である。脳性まひの子どもや障害児の療育にはいろいろな方法があり、実際にやってみて効果を見るしかない。

私は長いこと障害児とその母親を見てきた。どの親子も懸命に努力していることは、さわちゃんのお母さんもよく知っているだろう。「たまたま私はうまくいって娘と会話することができました。できればみなさんも、『じてん』を使って佐和子とお話ししてみてください」ということを、お母さんはこの本で伝えたかったのではないか。佐和子の喜ぶ姿を見て、佐和子のエネルギーを受け取ってくださいと。

あとがき

ただただ、感謝の気持ちで頭を下げたくなる自分がいる。なんと多くの方がかかわってくれたことだろう。

二十八年前、生まれたばかりの佐和子を抱いた日のことを、私は覚えている。

お乳で張った乳房に顔をすり寄せ、無心に乳を吸う。その乳房にのせている赤子の手の、なんと小さく愛らしいことか。なんの戸惑いも、なんの恐れもこの世にはない。ただただ一心に私にすがる。夫とともに、今日は泣いた、今日は笑ったと、すべての幸福がこの子に降り注いでいるような時を過ごした。

けれど、それは束の間の喜びだった。恐れていた何かが、少しずつ近づいてきていた。そして一つひとつ障害を宣告され、なすすべもなく立ち尽くした。

それから、私は何度となく人に助けられてきた。救ってくれる人が現れた。佐和子がその人たちを引き寄せたのか、それとも与えられなかったものの代わりに与えられたものなのか。何にせよ人の心は温かい。そう私は気づくことができた。そして私は、ここに感謝の気持ちを書く機会を与えられたのだろう。

ありがとうございました。お一人お一人のお顔が目に浮かぶ……。

北海道室蘭聾学校で佐和子の介護をしてくださっていた先生が数年前、じてんを見ながらこんなことをおっしゃいました。「こういうのがあれば、障害のある子どもたちの気持ちをもっと知ることができるのにね」。それを聞いた私が「北海道新聞」の「いずみ」欄へ「さわこのじてん」という文章を投稿したのがきっかけで、この本が生まれました。

佐和子のことを「明るいデブ」と言って笑う製鉄記念室蘭病院の東海林黎吉先生。いつでも全力で子どもたちのために駆け回っている北海道立心身障害者総合相談所の北川可恵先生。小さいころから娘のことを知るお二人が、心に残る文章を寄せてくださいました。ありがとうございました。

北海道新聞記者の山本哲朗さん、写真部の國政崇さん、デザイナーの江畑菜恵さん、そして多くのことを教えてくださった編集の仮屋志郎さん。私はなんと素敵な方たちと巡り会うことができたのだろう。心より感謝申し上げます。

佐和子のことが大好きな夫に支えられ、これからの道を歩んでいきます。春だというのに、大好きなそり遊びをまだしたいと通所施設のスタッフさんに抱きつき、佐和子は今日も出かけて行きました。もうじき、桜が咲くというのに。

二〇一九年四月　今 美幸

profile

母…今《こん》 美幸《みゆき》　娘…今《こん》 佐和子《さわこ》。
北海道室蘭市在住。

美幸 … 1959年北海道根室市生まれ。高校卒業後、東京の文化服装学院へ。地元に戻り、夫・祐治と結婚。重い障害を持つ娘・佐和子と「じてん」にまつわるエピソードをつづった「北海道新聞」生活面の「いずみ」(2018年1月21日)の投稿文が反響を呼ぶ。

佐和子 … 1991年根室市生まれ。脳性まひによる肢体不自由のほか知的・聴覚障害がある。94年、室蘭市に移り、中学卒業まで北海道室蘭聾学校に通う。小樽市の北海道高等聾学校卒業後、室蘭に戻り、現在は市内の通所施設に通う。

編　集
仮屋志郎（北海道新聞出版センター）
撮　影
國政 崇（北海道新聞写真部、P1-3、14を除く）
ブックデザイン・DTP
江畑菜恵（es-design）

さわこのじてん

2019年6月8日　初版第1刷発行

著　者　今《こん》 美幸《みゆき》・今《こん》 佐和子《さわこ》
発行者　鶴井 亨
発行所　北海道新聞社
〒060-8711　札幌市中央区大通西3丁目6
出版センター（編集）電話 011-210-5742
（営業）電話 011-210-5744
印刷所　株式会社アイワード

乱丁・落丁本は出版センター（営業）にご連絡くだされば
お取り換えいたします。
ISBN978-4-89453-953-2